人類は二一世紀末まで生存が可能かどうか
答えは否だ

奇快人
KIKAIJIN

文芸社

まえがき

前著では、人類は「地球上に生存が許されざる存在」を主要テーマとして記述して来た。もう一つのテーマとして「人間について人生について」奇快人流の世界観をもって広角的に眺めて分析して記述した。

今回も前著の続編として、「人類に残された時間は限りなく少ない」を主題として人類、人間共の近未来そして結末について奇快人流の独想、奇想をもって宇宙規模の視点で独自の理論を展開してみた。

広大な宇宙の中で生物が生存して居るのは地球だけだ。青い空が見られる事について誰も感動しない。しかしそれは宇宙の中では奇跡なのだ。

大地がある、水がある。太陽光がある、磁気圏で地球が守られている。大気の温度が生命の維持に適している。大自然の奇跡に依って人類を含めて「住まわせて貰っている」、そして「守って貰っている」。人間の力などは一つも無い。

〈ショーペンハウアーの名言〉
「我々は存在すべきでなかった何者かである。だから我々は存在する事を止めるのだ。」

人類、人間共は奇怏人の小生からみれば生物の中で一番の愚か者であって、そして浅知恵の所有者に過ぎない。二一世紀の今の人間社会は文明社会なる世界を作って豊かで便利な社会生活をしている。そして何よりも人間は自らの力で生存して居ると世界中の全員が考え思って居る。

ここが根本的に間違っている事に気付かない。欲呆け、金呆けの算盤人間は宇宙、太陽系、地球なる大自然についてその恩恵について感謝するのを忘れて仕舞っている。天才的な欲呆けで真実について考える事が出来なくなっている。

金権、拝金主義一辺倒で動物として人間としての良さを放棄して何の反省も出来ない。人生の始まりからお終いまでお金、マネーが沢山あれば仕合せになれると考えて居る。これ以上の馬鹿者は居ない。大地の上で生存して居られる事について当たり前と考えて居る。

宇宙、太陽系、地球などの世界では、地球生物の存在の有無などは有って無い様なものである。真に人類、人間共に能力、知力、知恵があるならば我欲を制御するのも可能な筈だ。文明社会なる「砂上の世界」を作って、科学そしてサイエンスなる理論や技術を過信している。物質文明社会の進歩を最優先して文明社会を築いた。この事が人類、人間共が自ら自滅への最短距離に追いやった事に気付かない。全ては欲呆け、金呆けである。

宇宙、太陽系、地球などは生きて居る。数十万年、数千万年、数億年単位の悠大なスケールで活発に活動している認識が全く無い。自然界の活動に依る地球規模の変動は地球生物の存在を瞬く間に消滅させるだけのパワーと力を有して居る。

西暦になってからの二〇〇〇年強の年月は、地球は人類が絶滅する程の大変動を起こして居ない。暫く休息中である。人類、人間共は数十年、数百年単位の間に何事も起こらなければもう安全だと考える生き物だ。恐竜達が滅びて六六〇〇万年が過ぎた。二億五〇〇〇万年前の地球生物の大量絶滅から充分な時間が経過している。未来は一秒先も一〇分先も誰にも判らない。

人類が近代文明を作らなかったならば人間として動物として大自然の中で「共生、共栄、共存、共立」なる精神で満足して生活して居たならば、自ら自滅する運命にはならなかった筈だ。人類、人間共は文明社会を作る過程で進路を完全に逸脱して、謙虚さを忘れて仕舞った。

「登ってはならない全ての事象の頂点に達した」

前述した様に人類などは考え方に依っては、動物園で飼育されている動物と同じ様な存在なのだ。宇宙が、太陽系が、地球が作った「有って当たり前」の中でしか生きられない存在だからだ。人類も地球生物の全ても大自然が作った「有って当たり前」のお陰で生存させて貰っている。そして何時も守って貰っている。動物園で飼育されているのと同じではないか。

最先端の文明社会を作って豊かで便利な生活を一〇〇年弱の間すごした。その結果は必然的に化石燃料が大量消費される様になった。地球温暖化は人類が自作自演して作った悪魔なのだ。大気温、海面温度の上昇、南極北極の氷の消滅、永久凍土の消滅などを通じての気象災害は、大自然が作った「有って当たり前」を排除する力とパワーがある。

大自然が作った「有って当たり前」の一つが無くなっても、人類も他の生物も生存が出来ない。温暖化に依る気象災害について認識は余りにもお粗末で全く気付かない。温暖化に依る気象災害は大自然が作った奇跡の「有って当たり前」を崩壊させ、全生物は生存が出来なくなる。

ＣＯＰ27がエジプトで開催され二〇二二年一一月二〇日に閉幕した。大きな成果は無く終了した。仮にも先進国と後進国が最先端の合意に達しても、もう手遅れで現実に逃れる道はない。

先進国を含めて軍事費、即ち防衛予算は日本円で一五〇兆円を大きく上回っている。人間が人間を殺す為の予算を年々増加している。人間の敵は人間だ。人間を滅ぼすのは人間だ。

そして「人類が自ら生存が出来ない」世界になった今も欲呆け、金呆けでお終いまで気付く事はない。愚かさも頂点に達して天国に行く運命だ。

二〇二三年四月

岩石院独行正道居士こと奇快人

目次

敢えてプーチンを論ず　71

一場の夢　121

持続可能か

地球人の未来

人類はこの二一世紀の末まで生存が可能かどうか
温暖化現象が頂点に達した姿を通して奇快人が独想、奇想で鋭く分析

人類は「地球上に生存が許されざる存在になった」と主張して論じて来た。しかし乍、残念な事に地球人の誰一人として人類、人間共の絶滅などは、予想もして居ないし、考えもしない。明日があって一ヵ月、一年、一〇〇年……何万年先も平穏な地球環境があって生存できると考えている様だ。

世界中の政治家の中でも人類存亡の危機なる思想などは零だ。今日なる一日、明日なる一日も定かでない状況という認識があるならば、隣人を殺す為の戦争などしている場合でない位は理解できる筈だ。

人類は三〇〇年弱の短時間で近代文明社会を創って一〇〇〇年前、二〇〇〇〜三〇〇〇年前と較べてみれば、夢の様な豊かで便利な世界を完成させた。近代の文明社会を創った。が、人間だけの豊かさ、便利さ、そして損得世界を構成して自力で生存が出来なくなっ

た。

人間が動物として生物として自力で生きるのを放棄したのが、近代の最先端文明社会だ。自力で生存が出来ない、他力でしか生存できない生物になった人間共は、生存する意義も価値も無くなって仕舞った。そして今も何も反省する事もなく無駄な前進を進めて自死する運命を悟る事もない。

二〇二二年の夏は我が日本も猛暑、酷暑の夏だ。

六月中旬以降は毎日三五度以上の猛暑が続いて居る。四月中旬以降も気温は高くて二七～二八度と七月の気温だ。最低気温も二五度以上で熱帯夜続きだ。七月は全国の至る地域で三七～三八度となって熱中症アラームが発令されている。

そして台風が来なくても雨が降れば、全国どこでも記録的短時間大雨警報が発令されている。一時間雨量が一〇〇ミリ超の記録的大雨情報が何時も発令されて非常事態と同じだ。豊かな生活の代償はこれから支払わなければならない。他力で生きて居る生物が本当に生存できるのか。

最弱生物なる人間共は自然環境の中で動物として人間として生きる力がない。環境に適応して生存するパワーと能力がない。当然ながら他力で生きるしかない。他力で生存するのは自然界の公理、大法則に反している訳であるから消滅、絶滅する運命となる。

神々は最弱生物なる人間共に対して生きる手段として他の生物にない能力、知力を与えた。そして心、精神も弱者が生きる為の優しさ、助け合う、分かち合う、相互援助、信頼するなどの基本を与えた。

人類、人間共も近代文明社会を創る前までは神々を裏切る事はしなかった。他の生物と同じ様に自然界の自然の中で「共生」を主として生きて来た。

欲得を制御して自然体として生存して来た。第一次産業革命前までの世界が唯一の生きる道であった筈だ。

二〇二二年の夏は世界中で熱波が起こっている。温暖化現象が頂点に達したならば、如何なる世界になるのか。世界中の政治家や独裁者などが、戦争ごっこの馬鹿騒ぎが出来なくなる事だろう。

地球温暖化は人間自らが作った悪の結晶だ。人間が人間だけの豊かさ、利便、損得のみを考えて作った社会は、人間以外の全てに対して百害あって一利もない世界だ。

二一世紀の世界は先取りした豊かさの反動の支払いを迫られている。地球温暖化が頂点に達したならば、奇快人の小生は地球上の全てが亜熱帯になると予測した。

地球自身の活動に依る内的要因の上に、人間共が作った悪の結晶が満開になって、人類、人間共の科学、サイエンスなる力ではもはや制御できなくなっている事に気付くだろう。

「人類、人間共の敵は人類、人間共だ」

「人類、人間共を滅ぼすのは人類、人間共だ」

奇快人の哲理である。

ロシアのプーチンが戦争をして居られるのは何故か。二一世紀も世界の大国、強国は超強力な破壊力を持つ兵器の開発に全力を注いで居る。

人間が人間を殺す為に膨大な予算を使い、これからの長い時間、戦争なる馬鹿騒ぎが出来ると考えて居るからだ。

「人類、人間共を滅ぼすのは人類、人間共だ」

二一世紀も五分の一強が過ぎた現世界はどの様な状況にあるのか。

世界中の政治家や権力者達が戦争を継続出来なくなった時が人類、人間共のお終いの時になるだろう。地球温暖化が頂点に達したならば、全域が亜熱帯になると予測した。地球全体が亜熱帯になった世界は、どの様な世界か考えてみる必要がある。

平均気温は五〇度を上回って人類、人間共は間違いなく生存できない。南極、北極の氷は消滅して海面水位は、およそ二〇〇メートルは上昇するものと考えられている。即ち近代の文明都市は水没が必至だ。

温暖化現象は地球上を大干ばつ地帯と大雨が連日降る地域に二分する。毎日毎日一〇〇〇~二〇〇〇〇ミリに達したならば大半の生物は生存できない。

大干ばつ地が広大な面積におよび、草木の一本も無い世界では、植物に依る酸素の供給も出来ない。そして水が欠乏してやはり生きられない。植物の存在しない地域では、食糧の供給も出来なくなって、生物は生きられない。

一方の大雨地域では農地などが水没して、土砂で農地が埋って仕舞う。やはり植物が生きられない。食糧の生産が止まって生存が出来なくなる。二〇億年以上も有って当たり前の酸素も欠乏して生物は生きられない。

この様な状況下では何処の馬鹿殿も戦争などの考えは決して選ばない筈だ。戦争をしなくなった時、また戦争を考えたくても出来なくなって、その愚かさに気付くだろう。地球温暖化なる現象は人類、人間共が自作し、そして自演して作った悪魔の結晶だ。

愚かな人間共が演ずる戦争では、地球人を全滅させるのはかなり困難だ。地球温暖化は生物の住める唯一の惑星である地球を、生物が生きられない世界にする事だ。人類、人間共が自らの豊かさ、利便、損得勘定で作った現代社会は、砂で作った建物と同じだ。僅かな水や風で直ぐに崩壊して仕舞うものですぞ。

人類、人間共が地球生物を始めとして全ての事象で人類、人間共が支配できる大王になって仕舞ったのか。全て強欲そのものだ。

数億年も静かに眠っていた多くの生物の死骸（＝化石燃料）を掘り起こして灼熱の地獄に送り、そして人間共の生活の場で一年中、三六五日、利用され酷使され続けた死骸の復讐は強力で揺らぐ事はないのだ。

温暖化が頂点に達したならば、どの様な世界になるのか。顕生代五億四〇〇〇万年の生物史の中での大量絶滅は五回あった。超巨大火山噴火に依る「火山の冬」現象で生物の大量絶滅が発生した。

即ち太陽光の遮断で植物の光合成が出来なくなって酸素の供給が出来ない。食糧も供給が出来ない。太陽光は地球上の全生物の存亡の鍵を握っている。

酸素、食糧の二大要素が無くなって仕舞えば生物は生きられない。光の遮断は温度急低下を招き、生物は生存が出来なくなるのだ。

人間が自ら作った悪の結晶は、数億年サイクルの地球活動で発生する超巨大噴火と同じ効果を及ぼす。愚かな人間共が如何なる戦争をして隣人を殺害しても、地球上の人類すべてを抹殺する事は出来ない。

「人類、人間共を滅ぼすのは人類、人間共だ」

地球温暖化は強欲の人類、人間共を間違いなく全滅させるだけのパワーと力を持っているのだ。何故か、お判りかな。

有って当たり前と考えて居る酸素の欠乏、食糧の枯渇、そして急激な温度の上昇は地球生物の全てが絶滅する事ですぞ。

二一世紀の現状は人類、人間共の全て、即ち地球人八〇億人と、地球上に生存する全ての生物は絶滅危惧種となっている。愚かな人間共の巻き添えになる全ての地球生物に対して謝罪しなければならない人間共ですぞ。

数億年の静かな生活を破壊された死骸達の復讐は、数億年サイクルで発生する地球自身に依る内的活動を促し目覚めさせた。人間が如何なる強力な兵器を使って殺し合っても比較にならないほどの、強力で巨大な悪魔を呼び込んで立派に復讐を完遂するのは確実ですぞ。

これからは温暖化が頂点になった世界を、奇快人流に独想と奇想をもって描いてみる事にする。

温暖化が頂点に達した世界は、白亜紀の一億年前の状況に似ていると考えて居る。平均気温は現在よりも一五～一八度位高い高温であった様だ。南極、北極の氷は無い。従って海面水位は現状よりも二〇〇メートルも高い。世界の大都市は海の中だ。

恐竜達はかなり暑い世界で二億年も生存していた。温暖化に依る環境はどの様に激変するのか。地球上の全生物が、生存できなくなる事は確実だ。

大干ばつ地域と大雨地域に二分されると予測が出来る。大干ばつ地域はアフガニスタンなどの多くの地で見られる。雑草の一本も無い世界、即ち砂漠化すると考えられる。植物が無い地域では酸素の供給が出来ない。食糧の生産が出来ない。従って全ての生物は生きられない。

大干ばつ地域では当然の事ながら水が無い。酸素、水、食糧の三無い三欠で人間共の科学、サイエンスの力では対処が出来ない。

もう一方の大雨地域はどの様な世界か。

日本では八月上旬、新潟県関川村で一時間雨量が一四九ミリも降って、気象庁が観測史上で最大になったとの発表があった。

温暖化は大気温の急上昇と海面水温の上昇によって人間が想像も出来ない地獄の世界を作る。人類、人間共の終末ですぞ。

大雨に依る日本沈没、世界沈没で人間共は生存が出来ない。大雨はどの様な姿で現れるのか。

一時間雨量が二五〇～三〇〇ミリになったならばどうなるか。考えた事があるだろうか。世界中の誰一人として有り得ないと思って居る。人間の頭の程度はその程度のもので科学、サイエンス万能時代も大したものではない。

日本の大都市の排水能力は五〇ミリ／時だ。二五〇ミリの雨が二四時間降ったとすると、四八〇〇ミリとなる。二五〇ミリの降雨は、四メートル八〇センチの水位となって、住宅は水没して生活が出来なくなるのだ。

農地を始め大地の上が数メートルの水位となれば、植物も生存が出来なくなって干ばつ地域と同じで、三無、三欠で人類、人間共を含めて全生物の命は無い。

この様な世界になって初めて愚かな人間共も反省し始める。何事も「過ぎたるは及ばざるが如し」「ほどほど、腹八分目」なる謙虚さが必要だ。

地球人が地球人を殺して正義を主張して居られる世界はもうない。人類、人間共が戦争の戦の字を忘れる事態は、今日の一日が命日である状況に追い詰められたと知る事になる。愚かな人間共が自作自演して作った悪魔に依って墓穴に入って自死する運命だ。

人類、人間共が願って求めた豊かで便利な社会は一体何だったのか。自力で生きる事が出来ない世にも不思議な生物、動物となっても如何なる反省も自省も出来ない人間共は他のどの生物よりも能力、知力が劣っているのではないのか。

温暖化に依る気候変動は顕著でWHOが気候変動に対して各国が協調するように呼び掛けた。異例の事ですぞ。世界に目を転じてみれば一目瞭然だ。

フランスでは熱波に依る干ばつで水不足が深刻だ。

英国では高温の為に外出禁止令が出された。国家非常事態に相当する警戒レベル赤での発令は異常である。イングランド地方では三〇度を超える気温は稀の様だ。そのイングランド地方で四〇度を上回る温度が観測されて赤の警報が発令された。

その他、スペイン、ポルトガルなどで四五~四七度となって一〇〇〇人以上の人が亡くなったと報道されている。

大気温が五〇度以上になったならば人類、人間共は生存が出来なくなるのは必至だ。

生活の全てを他力で生きて居る人間共だ。文明社会が崩壊、維持できなければ、生存出来ない。例えば気温が五〇度以上になればクーラーで二〇度以上、温度を下げなければならない。かなり困難だ。

南極、北極の氷の消滅は、海面を二〇〇メートル近くも上昇させ海面が大幅に上昇する。大気温の上昇もあって人類、人間共が有史以来、経験した事のない水蒸気が発生して大雨になる。大雨なる表現では表せない時間雨量は、二〇〇〜三〇〇ミリとなって、陸地の大半は水没するのは必至ですぞ。

そして低気圧の発達も異常で、台風などの巨大化は必至だ。しかも多発して人間共が生きるのは不可能だ。風速が七〇〜八〇メートル又は一〇〇メートル／秒となれば住宅は全部倒壊する。

日本の場合は電柱や送電塔が壊れて電力の供給が出来ない。電気がなければ現代人は生存が出来ない。電気は酸素と同じで生存と一蓮托生だ。

電気と水も酸素と同じで有って当たり前と思って居る。人間は利口に見えてもその程度の能力でしかない。有って当たり前で生涯を通して、感謝する事のない多数の奇跡に依って生存が出来ている事実に気付かない。

これこそが、地球人、人類、人間共が自死する絶滅への最短距離で、遂に「お終いの終点」に着いたことだ。

地球温暖化は、数億年単位で発生する地球内部活動に起因する超巨大火山噴火に依る生物の大量絶滅と同じ様な影響を及ぼして、地球人、人類人間共のお終いに確実に案内してくれるだろう。

人類、人間共が自力で生きられなくなって来た。一〇〇年弱の時間だ。

人類、人間共が作った文明社会は、全て「砂上の世界」に過ぎない。風と水で即、崩壊だ。数億年単位で発生する活動を再現させたのは温暖化現象だ。奇快人の小生は地球全域が亜熱帯になるとの予測をした。現状の世界を眺めてみれば明らかだ。

これまで人類、人間共の経験した事のない現象が多発している。

今の所は点状で多くの地点で発生している状況だが、一ヵ月、半年、一年、三年、五年後には異常発生点が連なって面となり、地球全域が一つになって全生物は生存が出来なくなるだろう。

宇宙が、そして太陽系にある地球が数十億年の年月を掛けて作った巨大なシステム、バランスを破壊し尽くして、二一世紀の今なる世界がある。強欲で能力、知力がある様で実のところは、人間共の能力、知力は総合力で考えればかなり低いと考えざるを得ない。

地球人、人類、人間共がなぜ、動物として人間として本能である、良心、助け合う、分かち合う、思いやり、優しさなどを捨てたのか。

人類、人間共は生物、動物の中で最弱の生物だ。単独では自然環境の中で生存が出来ない。環境変化に適応して生きる力とパワーがない。

生きる為には能力、知力を結集するしか方法がない。自然環境の中で生存が出来ない動物は人類、人間共だけだ。

二〇万年と少々の年月で自死する運命になったのは、知恵の使い方の根本を誤ったからだ。最終的に亜熱帯となった地球は、干ばつ地域と大雨が絶えず降る地域に二分されるだろう。大雨地域では平地が水没して人間達が生存できない。人間共は大地の上でしか生存が出来ない。

人類、人間共は有史以来これまでも今なる現在も大地に感謝した事がない。酸素と同じで、有って当たり前の代表だ。有って当たり前の大地が有るのは宇宙に於いては奇跡ですぞ。

有って当たり前の酸素、大地、水、太陽光などは、人間の力では全てが出来ない。干ばつ地域と大雨地域に二分された地域は、どの様な世界か。

大雨地域を眺めてみると良く分かる。大地がなくなるのと同じ様な世界ですぞ。大地が有って始めて生物が生存できる。大地が無かったならば全ての地球生物は生きられないのだ。

大雨地域が広大な面積になって大地の上が水没するのは、大地が無くなるのと同等ですぞ。人間共は水の中では生活が出来ない。干ばつ地域での水不足と違って大雨に依る水没地域でも水不足となる。お判りかな。

水没する程の水が有る。但しこの様な地域では水は有るが人間の飲む生きる為に必要な水がなくなっている。

干ばつ地域も大雨地域も三無い三欠の世界だ。酸素が無い、水が無い、食糧が無い地球温暖化は地球人、人類、人間共、そして全生物の住む居場所が無くなる事だ。温暖化に依る気候変動は強烈で巨大だ。

生物の死骸に依る復讐は、人類、人間共が「有って当たり前で」感謝する事のない事象に対して、その有難みを痛感させてくれるだろう。

「有って当たり前」がなくなって仕舞うのと同等の力を及ぼすのが、温暖化現象だ。愚かな人類、人間共の「有って当たり前」の重大さに気付いた時は、もう「お終いのおしまい」

の命日だ。

温暖化は大地が無くなり酸素が無くなり、そして水が無くなり食糧が無くなる。豊かさを求めて前進のみを進めて、つい終点に着いたのだ。数億年単位で発生する生物の大量絶滅に匹敵する大事件を誘発したのだ。

人類、人間共は神々が与えた能力や知力、そして知恵の使い方を間違えて地球上から追放され、そして自死する運命を自ら選んだのだ。

「人類は存在すべきでなかった何者かである。だからその存在を止めるべきだ」

ショーペンハウアーの主張通りにその存在を止める終点に着いてしまった。

考えてみれば人間の能力は生物として動物として総合的にはかなり低いと断じるのが正確ではないのか。何故なら真に賢い人ならば自らを最速、最短の年月で自らを追放するとは考えられないからだ。

故に強欲が過ぎて金権、拝金社会を作って地球人全員が金毒中毒になった。算盤人間、ロボバン人間（前著でロボットと算盤を合成してロボバンと名付けた）が集まって中身の無い皮相人間集団が出来た。

皮相人間が集まって、これまた中身の無い皮相社会を構成して、お終いを迎えた。

「存在すべきでなかった、その存在を止める」

神々は、自らの唯一の失敗を人類、人間共に責任を取らせる為に温暖化現象を誘発させたのだろうか。

人間が存在するのは人間が人間を不幸にする事だ。人間が存在する間は、戦争は常時、絶えず起こる。人間が人間でなくなるとは如何なる事か。人間がこの地球上から抹殺、追放される事ですぞ。

（二〇二二年八月一五日）

存在基盤とは①

人間共の生涯を通して感謝する事の無い「有って当たり前」の排除とは如何なる事かを考えてみた

地球温暖化は、人類、人間共が生涯を通して感謝する事の無い「有って当たり前」を排除して、その重要性を知らしめて呉れるだろう。「有って当たり前」が一つでも欠けると地球生物の全ては生存が出来なくなる。

温暖化なる気候変動は大気温の上昇に依って発生する。以下に「有って当たり前」について考えてみよう。

「有って当たり前」の代表の一つが大地である。

大地が無くなる事は無い。地球が存在する限り。但し、大地が消滅するのと同等の状態は充分に生じるのだ。如何なる事か。考えて欲しいものだ。

即ち大地が水没して仕舞えば、大地が無くなるのと同等ですぞ。

地球上の全生物は大地があるお陰で生存させて貰っている。先史以来、大地が無くなった時代は無い。

宇宙の中で大地と水が有るのは地球だけだ。全生物は「有って当たり前」があって生存して居る。

人類、人間共の力は一つもない。無数の奇跡に依って生かして貰っている。有史以来、どの時代も人類、人間共は愚かな戦争なる殺人遊びを繰り返して来た。

戦争なる殺人ゲームが悲惨なのは誰もが承知している。人間が人間を不幸にするのが戦争だ。

人間の敵は人間だ。人間を滅ぼすのは人間だ。戦争が無くならないのは、戦争なる争い事をしていられる場所があるからだ。

「有って当たり前」の大地があるお陰だ。大地が無ければ人類、人間共も生存できない。戦争などは絶対に生じない。

地球の温暖化はこの地球上を大干ばつ地域と大雨の降る地域に二分すると予測している。

大雨は人類、人間共の想像も出来ない量が降って広域に亘って大地を水没させる。人類、人間共は水の中で生活が出来ない。水が有って水が無い状態だ。大地が水没すると浄水場も下水場も機能しなくなる。水没した大地の上では植物は生存が出来ない。即ち地上での酸素の供給が出来ない。そして食糧の供給も不可能だ。

酸素、水、食糧の全てが無い三欠で生物、動物、植物も生存が出来ない。即ち五億四〇〇〇万年以上も前の無生物の世界に戻るのだ。

これで初めて地球人、人類なる奇妙でけったいなる生き物が居なくなって、どの様な世界が創造されて行くのだろうか。奇快人の小生は興味が大いにある。

我が日本も既に熱波と干ばつ、そして大雨地域に二分される様相が濃厚だ。

現在は気象庁が発表する大雨情報で記録的短時間大雨警報がある。一時間雨量が一〇〇ミリ／時で発令される。これまでの一時間当たりの最大降雨量は一四九ミリだ。

大気温の急上昇は人類、人間共が一度も経験した事のない想像を超えるものとなって人間共を恐怖のどん底に案内してくれるだろう。

大気温の上昇、海面表層の温度上昇は膨大な水蒸気を発生させて大雨となる。水蒸気の発生量は上限がある訳ではない。即ち幾らでも制限がない。上限がないので一時間雨量が三〇〇ミリでも五〇〇ミリ／時でも起こり得るのだ。

この様な状況になると、もはや大地の上の動物も植物も生きられない。水没による大地の消滅は「有って当たり前」の一つが排除されたのを意味する。

顕生代から今日までの五億四〇〇〇万年で、生物の大量絶滅は、五回ほど発生している。大量絶滅とは生物の七割以上が絶滅する現象だ。その中で四回は地球自身の内的活動に依って発生している。数千万年～一億、数億年周期で起きている。

二一世紀の今日は六回目の大量絶滅について論じられている状況だ。

地球生物は気温、大気温に依ってその生存が大きく左右されている。温暖化に依る温度上昇は、一方で熱波、酷暑に依って大干ばつ地域も作る。

広大な面積で雑草が一本も無くなって植物が全て枯死する。酸素の供給が止まる。食糧が出来ない。そして水が無い。

「有って当たり前」の三無い三欠で生物、動物、植物も生存が出来なくなる。「有って当たり前」の一部でも無くなると人間共も人間で居られなくなる。人間が人間でなくなって初めて戦争が無くなる。

人間が人間でなくなるのは、人間がこの地球上から抹殺されるということだ。人間が人間でなくなる事に依ってのみ、人間共は不幸社会、苦界から永遠に仕合せ、幸福となるのではないかと考えて居る奇快人だ。

生物を創造した神々は、自らの唯一の失敗を、有機物なる「死骸の復讐」に依って人類、人間共が自ら自死する方向に導いたのだろうか。数億年もの長い時間を平穏で静かに眠っていた「死骸」の怨は大きく巨大だ。

そして今なる現状は正にその目的が完遂される段階に来た。「聖なる死骸」が地球上の大犯罪人たる人類、人間共を全て「死骸の山」にして、人間共の悪行をお終いにして呉れるのだ。

強欲で愚かな人間共は、人間でなくなる事に依って遂に初めて苦界から脱出し、そして仕合せ、幸福となれるのだろうか。

（二〇二二年八月二三日）

存在基盤とは②

地球生物の全ては人類を含めて「有って当たり前」なる事象に依って守られている

前項に続いて「有って当たり前」について更なる再論、再考をしてみた

地球人、人類、人間共は生存する意義も価値も無くなって、自ら自死する運命を選択した。奇快人は「人類は地球上に生存が許されざる存在になった」と主張して論じて来た。

今日も新しい視野、知見をもって人類、人間共が何故に神々を裏切ってまで生物の住める豊かな大地を破壊して、また他の生物を絶滅させてまで人類、人間共だけの豊かさ、利便さを求めたのか、を考えてみる。

自力で生存が出来ない生物は人類、人間共だけだ。他力で生存して居るのは、人類、人

間共だけですぞ。

二一世紀も既に五分の一が過ぎてこの先、何時までどの位の時間に亘って生存できるのか。奇快人が指摘した様に「全ての事象の頂点」に達して一〇〇パーセントの確率で絶滅は必至だ。

しかし乍、地球人八〇億人は誰一人としてその認識がない。世界をリードしているのは政治家達だ。この世界のリーダー達で賢人、賢者は存在しない。宇宙規模、地球規模の哲理、視点、歴史認識が零だ。

世界の政治家達はこれから先の未来について、一〇〇年、一〇〇〇年、一万年と現状なる地球環境が存在して、戦争ごっこが何時までも続けられると思って居るのは間違いない。では何故、戦争が続けられるのか。世界中の誰もが考えた事がない。その答えは「有って当たり前」に依って守られているからだ。

「有って当たり前」とはその一つが大地だ。大地は非常に重要だ。大地がない世界を人類は経験した事がない。地球が存在する限り大地は存在する。

但し大地そのものは無くならないが、無くなったと同じ状態は常時、そして何時でも起こり得る。大地が「有って当たり前」で地球上の全生物が生かして貰っている。大地が無ければ人間共も含めて全生物は生存が出来ない。

人間が人間でいられない世界では戦争など起きようがない。即ち戦争なる愚かな争い事をしていられるのは「有って当たり前」があって可能となるのだ。大地は最重要だ。

大地が無ければ植物が生存できない。植物が生存しない世界では酸素が供給できない。食糧の生産も出来ない。動物達を含めて人間共も一〇分も生きられない。大地が無くなるのと同じ状態とは何だ。その答えは大地が水没する事ですぞ。

「有って当たり前」は地球生物の生死の鍵を握っているのだ。大地が無くなるのと同じ状態とは何だ。その答えは大地が水没する事ですぞ。

大地が水没すると、植物は水中で生存が出来ない。従って「有って当たり前」の酸素が無い。動物も含めて人間共も一〇分も生きられない。食糧の供給も出来ない。「有って当たり前」を排除されると、人間も人間として存在が出来ない。

「有って当たり前」の消滅は人間共の科学、サイエンスの力などは何の役にも立たない事を知る事になる。近代文明社会が成り立って居るのは「有って当たり前」に依って実は守られているのだ。

「有って当たり前」が一つでも欠けると近代文明社会などは即、消滅だ。人間共の科学、サイエンスの力で「有って当たり前」を復元するのは不可能だ。神々は自らの失敗を「生物達の死骸」を使って果たすのだろうか。

髑髏の復讐は強力で巨大だ。地球上の全ての生物を人間共も含めて一撃で倒すだけのパワーを秘めているのだ。

「有って当たり前」は人間共の力で作るのは不可能だ。人間共は愚か者だ。「有って当たり前」の偉大さに気付いた時には「人間が人間で居られなくなった」のを意味している。

髑髏の復讐は温暖化なる現象に依る気象災害となって、その姿が見えて来た。奇快人が指摘した様に、地球上が大干ばつ地域と大雨地域に二分される。

大干ばつ地域と大雨地域は裏表の関係で、共に「有って当たり前」を苦も無く排除するだけの力とパワーを有して居る。

大干ばつ地域を眺めてみよう。

雑草の一本も無い無植物状態となる。当然の事ながら「酸素」が無い。食糧が無い。温度は五〇度以上の酷暑だ。従って「水」も無い、全生物は生存が出来ない。

死滅、絶滅となって五億四〇〇〇万年以上、以前の世界になって行く。大干ばつは、「有って当たり前」の大地が無くなるのと同等の力とパワーがある。

宇宙は偉大なのだ。宇宙の始まりは一三八億年前だ。太陽系も地球も四六億年だ。人類、人間共は六〇〇万～七〇〇〇万年だ。そして現在の人類は僅か二〇万年だ。「有って当たり前」は宇宙が、天の川銀河が、そして地球が数十億年の年月、時間を掛けて築いた極上の作品ですぞ。顕生代五億四〇〇〇万年の生物史は、実はこの「有って当たり前」に依って、その存在によって守られて作られて来た。

この様に考える地球人は一人も居ない。唯一人、死体で生きて居る奇快人のみぞ。

二〇二二年八月三〇日、喫茶店に於いて世界を眺めてみれば一目瞭然だ。熱波に依る酷暑、猛暑地域、即ち干ばつ地域と大雨の降る地域に二分されている。熱波で森林火災も多発して絶滅は必至の状況だ。大雨は世界中で多発しており地球生物、そして人類、人間共の存在が危機に直面している。

人類、人間共が豊かさ、利便さを追求したその結果、近代文明社会を完成させた。その副産物として必然的に発生したのが温暖化なる悪魔の登場ですぞ。

温暖化の魔力は大気温を上昇させて、これまで人類が経験した事のない、そして想像も出来ない世界を招いて、地球生物、人類などを恐怖のどん底に案内してくれるだろう。

大雨とはどの様な状態か。考えた事があるだろうか。

一時間当たりの雨量が二〇〇ミリ／時、三〇〇～五〇〇ミリ／時となる可能性は充分に有り得るのだ。雨量は水蒸気の量で決まる。温度が急上昇して水温が上がれば、水蒸気は上限がないから幾らでも発生する。

人類、人間共が二〇万年位の歴史で雨量が二〇〇ミリ／時、三〇〇～四〇〇ミリ／時はおそらく経験した事がない。

人間共は愚かだから経験した事のない事は、起こるとは考えないものだ。現実問題として発生したならば実は地球生物、人類、人間共は生存が出来なくなる。大地が無くなった状態と同じだ。人間共も植物も水の中では生きられない。水没した大地の上では近代文明社会は無力そのものだ。

近代文明社会は科学、サイエンスなる力に依って守る事が出来ない。現在の文明社会は実は奇快人流の見解、発想では全て「砂の上に出来た世界」だ。これ以上、脆い脆弱な世界はないものと思え。水と風で砂上の世界は崩壊するものですぞ。

一〇〇～三〇〇ミリ／時の雨量が降ったならば恐怖などというよりも、もはや地獄というべき世界だ。その様な世界は言葉や文章では表現できないだろう。世界の現状はもはや人類、人間共は既に生存する場所が無くなって仕舞ったと同じになっている。人類、人間共でその様になると考える人間共は零だ。

それ故に戦争なる愚かな戦いをしていられるのだ。地球生物そして人類、人間共は、「有って当たり前」の多くの事象に依って、守って貰っている事実に気付く事は無い。

その事実に気付いた時は、人間が人間で居られなくなった時だ。「人間が人間の敵」でなくなって初めて人間共の終焉、ＥＮＤとなる。

「有って当たり前」を人類、人間共が作る事は不可能だ。生物生存に最重要な「有って当たり前」を排除するには巨大な力、パワーが必要だ。髑髏の復讐はそれを成し遂げる巨大なエネルギーを有して居る。大地を消滅させる、酸素を無くして仕舞う、水を無くして仕舞う。

「有って当たり前」はどの一つが欠けても生命は存在できない。太陽光が無ければ全生物は生きられない。「有って当たり前」を人間達は生涯を通して感謝した事が無い。残念ながら気付いた時はもう遅い。そして命日となる事を知るだろう。

お終いに近代文明社会は所詮「砂の上の世界」に過ぎない。

そして近代文明社会は文明の力、科学、サイエンスの力では維持する事は出来ない。地球生物の全ては人類、人間共も含めて森羅万象、社会万般は全て「有って当たり前」に依って守られて来たのだ。

地球人、人類、人間共は原点に戻って謙虚に考えて生きて欲しいものだ。

（二〇二二年八月二三日）

温暖化

温暖化なる気象災害について再考、再論を大胆にしてみた

温暖化なる現象は、大気温の上昇や海表面の温度上昇に依って生じる。温度は地球生物生存の鍵を握っている。その一方で前述の通り地球生物の全てと地球人、人類も「有って当たり前」に依って守られている。表現を変えれば守って貰って居るのだ。

残念ながら人類でその様に考えて居る人間は居ない。「有って当たり前」について、奇快人は前著『人類は地球上に生存が許されざる存在になった　全ては人間が「過去や未来を考える動物」だからだ』の中で述べた。

人類、人間共が生涯を通じて感謝する事のない「有って当たり前」は、人間の力で作る

事は出来ない。愚かな人間共に出来るのは、宇宙が太陽系、地球を数十億年の年月を掛けて作った極上の作品、生命の住める大地の上を破壊する事のみだ。

「有って当たり前」を人間共は作る事は出来ない。「壊す事は出来る」のみだ。

自らを「守って貰っている、有って当たり前」さえも、銭勘定で破壊して、お終いの位置に着いた。

温暖化は、既に頂点に達しつつある状況だ。もはや人間の力、即ち科学、サイエンスなる力やパワーでは制御が出来ない位置に着いている。

日本でも現状は亜熱帯の気象状況になっている。晴れていても一〇分後にはザーッと大雨が降ってくる。熱帯地方のスコールと同じだ。

四季が無くなって早くも三、四〇年が過ぎた。台風が来なくても雨が降れば、全国の多くの地域で記録的短時間大雨警報が発令されている。

自然災害に関する政府の最大の関心事はM8、9の巨大地震だ。確かに大地震も大きな被害が出る。巨大地震は津波も発生するので多大な被害が発生する。

人的損害、家屋の損壊、農地の損害、そして都市の破壊、社会インフラの損壊などを通じ甚大な被害が広範囲に及ぶ。国民の大半も巨大地震が一番の脅威と考えて居る。

巨大地震よりも更に巨大なパワーと力を持っているのが実は「風水害」だ。この風水害については、意外と人間共の関心の度合いは低い。何故ならば大地震は何度も経験している。その為にその恐ろしさや怖さをよく知っている。

奇快人が以下に記述する事は、これまで人類、人間共が経験した事が無いので想像もつかない世界ですぞ。

温暖化は気候変動を介して「有って当たり前」を排除して仕舞う。地球生物の全ては「有って当たり前」に守って貰って居る。この排除は人類が生存できない事を意味する。最先端の近代文明社会は「砂の上に出来た」脆弱でそして脆い世界だ。

「お終いの無い始まりは無い」

文明社会での「有って当たり前」の代表が基幹電力と水である。この基幹電力と水は酸素と同じで無くなれば人類、人間共は一日たりとも生存が出来ない。自力で生存が出来ない人類、人間共だ。そして愚かな人間共は電気や水が無くなるなどとは、世界中で誰一人として考えて居ない。

奇快人の考えでは電気も水も大地もいとも簡単に無くなって仕舞う。どの様な状況なのかを考えてみよう。

電気が有って無い、水が有って無い、この様な世界である。発電所で充分な電力を作る事が出来る。充分な電力が有る。にも拘らず電気が無い。お判りかな。

幾ら電力が有っても送電が出来なくなれば、電力は零と同じだ。水も同じだ。水そのものは無くならない。幾らでも有る。但し大地が水没すれば、人間が生きる為の飲料水は無い。上水道も下水道も機能が停止してしまうからですぞ。

利口に見えてもその様な考えをする人間共はまず居ない。地球温暖化はこの様な状況をいとも簡単に作って、人間共の悪行を終わらせてしまうのだろうか。数百ミリ／時の降雨を人類、人間共は経験した事が無い。

空から川と大地が繋がった状態と考えれば分かり易い。文字で書けば簡単だが現実問題としてこの様な状況は、地獄の世界と同じだ。そう考えて居る。

経験してこなかったから起こらない保証は、何処にも無い。何故ならば温度が上昇すれば、水蒸気は幾らでも発生するからだ。水蒸気の発生には上限が無いので、大雨が数百ミリ時間当たり降れば、いとも簡単に大地が水没して仕舞うのだ。

大地の水没は地球生物の全てが生存できない。大地が水没すると如何なる形の発電所も発電が出来なくなる。電柱や送電塔も壊れて電気の送電が出来ない。

大気温、海面水温の上昇は豪雨と低気圧の発達に依って台風に限らず、強風が常時吹いて住宅は全部が倒壊して生活が出来ない。生存が出来ない。

雨と風に依る風水害は、実はM９クラスの巨大地震よりも遥かに大きな力とパワーを持っている。秒速一〇〇メートル超の風、そして時間当たりの雨量が数百ミリ、これまで人類が経験した事の無いこの様な世界を温暖化は引き起こして、人類、人間共の二〇万年の歴史の幕を下ろしてくれるのだろうか。

温暖化なる気象災害は人類、人間共が自ら作った悪魔だ。「人類、人間共を滅ぼすのは人類、人間共」だ。

西暦二〇二二年間の人類、人間共の歴史は、戦争を含めて凡ゆる紛争の繰り返しで、今も戦争などが止む事はない。人間が人間として存在する限り戦争が終わる事はない。

人間が人間でなくなって、人間が人間で居られなくなって、初めて戦争がなくなる。人間が人間として存在する限り、人間が作った社会で人間が仕合せ、幸福になる事はない。

二一世紀の今も一〇年後、一〇〇年、一〇〇〇年……万年後も戦争をして居られる地球環境が有ると信じている。

戦争が出来なくなる事などは微塵も感じて居ない。何時までも人類、人間共が生存しているのが当たり前で、その権利があると思って居る。

自力で生存が出来ない人類、人間共だが、その認識が全く無い。人間の能力、知力はその程度のものだ。未来は一秒先の事さえも誰にも判らない。人間共が英知と努力と時間を掛けて作った文明社会は「砂の上の世界」だ。

一〇〇年と少々の時間で「砂の世界」はお終いの位置に着いて、毎日が命日という状態を迎えている。強欲の世界が作った「砂の世界」は実は人類、人間共の力、パワーで守る事が出来ない。

人類、人間共の科学、サイエンスなる力で「砂の世界」を守る事は、不可能だ。

自らが作った悪魔に依って自らの悪行を清算する運命になった。


（二〇二二年九月一〇日）

有って当たり前？

地球生物の全ての命運を担っているのは「有って当たり前」なる壮大なシステムだ人類は二一世紀末まで生存が可能かどうか

この様な主題で「有って当たり前」について記述してきた。人類が築いた文明社会は、「砂の上の世界」と評した。そして最先端の近代文明社会を人類、人間共の力で守る事は出来ない。即ち科学、サイエンスなる力で「砂の世界」を維持する事は出来ないと述べた。

宇宙の中で生命が存在するのは地球だけだ。地球上で生命が誕生したのは五億四〇〇〇万年前のカンブリア紀の爆発から始まっている。生物の誕生の大元は一三八億年前の宇宙が出来たのが原点である。

宇宙が出来なければ、宇宙を構成している銀河や銀河団、そして地球の親である太陽が無かったのだ。全ては宇宙なる時空が生まれた事がその始まりとなる。太陽系の中で地球だけに生命が存在しているのは、無数の奇跡に依って守って貰っているからだ。

無数の奇跡とは「有って当たり前」が、全ての命運を握っているということだ。地球は宇宙の中で生命が生きて居る奇跡的な、唯一つの惑星である。地球人、人類、人間共は奇跡の惑星地球上に生存できている事実に感謝しなければならない。

人類の歴史はせいぜい六〇〇万~七〇〇万年だ。現存する我々は、ホモサピエンスと称する人類で、二〇万年少々の歴史でしかない。

宇宙、太陽系、地球などは悠大なる時間スケールで活動している。地球生物の存在などは有って無いのも同じ様なものだろう。仮にも人類、人間共が「過去や未来を考える」動物でなかったならば、文明社会は出来ない。

文明社会を創らなかったならば、地球環境を破壊する事もなく、そして多くの動植物が絶滅を免れたのは間違いない。環境破壊を人類がしなかったならば、即ち第一次産業革命前までの地球を維持して居たならば、今なる現在も地球全域で生物の住める楽園であった筈だ。奇快人の小生はそう考えて居る。

人類、人間共が作った「有って当たり前」について考えるのも重要だ。現状の人類は文明社会の「有って当たり前」に依って他力で生きて居る。「有って当たり前」の代表は電気である。電気と水はその代表的な存在である。電気と水は文明社会に於いて無くてはならない一大存在である。

誰もが電気と水が無くなると考えて居ないし思っても居ない。しかし乍、一〇〇年、二〇〇年前までは電気は全く無かった。文明社会、世界は人間が人間だけの豊かさ、便利さを求めて作った世界だ。

自動車、航空機、新幹線、電車、高速道路、水道、ガス、その他、無数の「有って当たり前」を作って成り立って居る。

誰もが、自動車が有って無い、電気が有って電気が無い、水が有って水が無い、高速道路も有って無い、新幹線も全国の電車・列車なども有って無い状態について考えても居ないし思っても居ない。人間共の頭の程度はそれ程賢くない。

「有って当たり前」の重大さに気付くのは、人類、人間共がこの地球上で生存が出来なくなった時だろう。「有って当たり前」が無くなって仕舞ったならば、近代文明社会は崩壊する事になる。

人類は生存が出来なくなって自らの浅知恵について初めて悟る事になるのだ。残念ながら気付いた時がお終いの時期となる。

自らの力で作った「有って当たり前」を自ら破壊して、自らが生存できなくなる結末は、如何にも人間共そのものだ。

人間共が浅知恵で作った文明社会で、鬼子は地球温暖化なる現象である。豊かさ、便利さを求めて短時間で完成させた文明社会が、生んで育てた温暖化なる現象は、大気温の上昇、海水面温度の上昇で起こる。

温度の短時間での上昇は大量の水蒸気を発生させる。スーパー豪雨をもたらす。スーパー豪雨の恐ろしさは、これまで人類、人間共は経験した事がない。雨の元は水蒸気だ。水蒸気は温度が上昇すればその量に上限はないのだ。

時間当たりの雨量二〇〇～三〇〇ミリとなれば、どんな事が起きるのか。考えた事が有るだろうか。多くの地域が水没する。発電所も例外ではない。発電所が水没すれば発電が出来ない。スーパー豪雨は上水道や下水道が流木や土砂に埋って、水が有っても水が無くなる。

スーパー豪雨の恐ろしさはその凄まじいエネルギーだ。上水道も、五メートルから一〇メートル或いはもっと滞留したならば、復旧に膨大な時間と経費が掛かる。人間共の命運を握っているといえる。

温暖化に依る気象災害は、低気圧の発達を促し台風も異常発達をする。風速も水蒸気と同じく上限がない。従って風速が秒速で八〇メートルから一〇〇メートル以上になると住宅は全部が倒壊する。送電塔や電柱が倒れて送電が出来ない。

文明社会を作っている巨大なネットワークは機能しなくなって、実はいとも簡単に崩壊するものですぞ。この様に考えて居る。

一億人に近い大多数の国民は全員が形式人間だ。即席ラーメンのようで同質、国民は全員が同じ様な考え方で、想像も出来ない世界を視る事は出来ない。

人間共が作った自慢の文明社会は「砂上の世界」に過ぎないのだ。自らが作った豊かな世界は自らが作った「有って当たり前」も壊して滅び行く運命だ。

自動車、航空機、新幹線、電車、列車、高速道路、通信ネットワーク、その他、無数の数えきれない「有って当たり前」に依って、他力で生存して居るのが現代人だ。

今の「有って当たり前」は第一次産業革命前までは、全て無かったのですぞ。文明社会に於ける人間共が作った「有って当たり前」さえも破壊して、自ら終末、絶滅への墓場に直行する運命なのだろう。奇快人の小生はその様に考えて居る。

仮に電気と水が完全に止まって仕舞ったならばどの様な現実に直面するのか。

二〇二二年九月の台風一五号は、静岡市が大雨に見舞われて、一〇日間、六、七万世帯で断水した。市の給水車や自衛隊が給水活動をした。仮設のトイレも設置された。

電気と水の停止は人間の命の鍵を握っている事についての認識は、余りにもお粗末だ。トイレも全く出来なくなった場合、人間は死に至る事について、誰も考えて居ない。小便も一日一滴も出なくなると人間は死んで仕舞うものだ。人間の生存で大事なのは何よりも出すのが重要なのだ。

水洗トイレは便利で衛生的で清潔で、文明社会の大事な一翼を担っている。が、電気と水が完全停止すると、水洗トイレほど役に立たない不便な存在はないのだ。

大都市の高層マンション、その他、住宅など都市に限らず田舎でも全家庭で水洗トイレになっている。これまで電気と水が完全に長い間、停止した事がない。これまでなかったから今後も続く保証は実は全くないのだ。

奇快人の前著の中でも、汲み取り式の昔の便所を直ちに設置する様に提案しておいた。事が起こってからでは遅いのだ。

日常生活で最重要なのは、小便も排便も出来なくなると死に至ることだ。よくよく考えて対処して貰いたいと思って居る。

大局的に考えれば宇宙が太陽系が、そして地球が作って与えて呉れた奇跡、即ち「有って当たり前」に依って、人類を含めて地球生物の全てが守って貰っているお陰で生存して居る。

宇宙が贈ってくれた「有って当たり前」と人類、人間共が自らの為に作った「有って当たり前」がある。奇快人の小生は『人類は地球上に生存が許されざる存在』なる著書を書いた。

人類、人間共が作った、「有って当たり前」は、高速鉄道、高速道路、新幹線、全国の鉄道網、自動車、電気、水道、ガス、電化製品等など数えきれない。人類、人間共が作った「有って当たり前」も、実のところは宇宙が太陽系が、そして地球が提供して呉れている「有って当たり前」に依って、守って貰っているから存在するのだ。ここが重要だ。

温暖化なる気象災害は今や地球全域で広範囲に及んで、人間共が作った多くの「有って当たり前」を機能停止に追い込んでしまう。

巨大地震、津波以上の巨大なパワーとエネルギーを持っているのは「風水害」だ。大地の水没はある一面では宇宙が作った「有って当たり前」を排除して、人類は生存出来なくなる。

大地の水没は大地が無くなるのと同等ですぞ。広大な地域が水没すると植物は生存できない。植物が生存できないと光合成に依る酸素の供給が出来ない。人類も動物達も生きられない。食糧の供給も出来ない。

大地の水没は大地が無くなるのと同じだ。大地が無くなると全生物は生存が出来なくなる。人間が人間の為に作った「有って当たり前」は完全に消滅して、いとも簡単に「砂の上の世界」は無くなって仕舞うものですぞ。

地震などは地球自身の生理現象で人災とは無関係だ。温暖化は気象災害を地球全域で発生させる。しかもそのエネルギーは巨大だ。

温暖化はこれからが本番で速度と範囲を拡大して行くのは必至だ。

地球全域が亜熱帯になると毎回、指摘して来た。その結果は大干ばつ地域と大雨に依る水没地域に二分される予測をして記して来た。大干ばつ地域も大雨地域も植物の生存が出来ない。酸素の供給、食糧の供給が出来ない。「有って当たり前」の酸素が欠乏して、人間共も植物も生存が出来なくなる。

地球史、そして生物史五億四〇〇〇万年の中で特異な現象は、超巨大な火山噴火である。地球四六億年の間に発生した巨大噴火は数回ある。三〇〇〇～五〇〇〇立方キロメートルのマグマを流出させた。

この様な巨大噴火は地球生物の全てを一気に絶滅させる力、パワーを有して居る。二億五〇〇〇万年前に発生したシベリア玄武岩洪水噴火だ。全生物の七～九割近くが絶滅した。大事件だ。

この様な巨大噴火は、数千万年、数億年単位で発生する、地球が演ずる大イベントである。太陽系、地球が作った奇跡の「有って当たり前」を排除して、生物の全てを一掃して仕舞う巨大なエネルギーである。

太陽光の遮断、大気温の急低下、植物の光合成が出来なくなって、酸素の供給、食糧の供給が出来なくなって、瞬く間に生物が死滅する。

我が国ニッポンで学者が注目しているのは富士山噴火である。一七〇七年の宝永の噴火から三一〇年以上も噴火していない。マグマの蓄積は限界まで増加していると考えるのが妥当だ。

富士山噴火も本格的な活動を開始すると、人間共が作った「有って当たり前」の全てを破壊する力とパワーを有して居る。「有って当たり前」なる他力で生きて居る人間共は忽ち生活が出来なくなってしまう。

火山灰ほど厄介な代物はない。発電所での発電も出来なくしてしまう。送電線はショートして電気が送れない。鉄道は新幹線を始めとして線路に降灰があれば、一、二センチで走行が出来なくなる。高速道路も五～一〇センチ、又それ以上になると長期間に亘って通行が出来ない。

自動車も動かなくなっては何の役にも立たない。エンジンに灰が入って機能しなくなって仕舞う。浄水場も下水場も火山灰や土石で水の供給が出来ない。「砂の上の世界」は滅びる時は早いものですぞ。

自動車が動かなくなると、人間の世界は停止して仕舞う。災害出動も出来ない。物流が止まって生活用品の供給が停止して仕舞う。道路が利用できても自動車が動かなくなると自衛隊も消防、警察も機能しなくなって生活が成り立たない。

自らの豊かさ、便利さなど求めて余りにも多くの「有って当たり前」を作って仕舞った事実に対して、如何なる反省もしていない。今の世界にある「有って当たり前」を仮にも作らなかったならば、実は何一つとして不自由は発生しないし、生活が困る事は無いのだ。便利な世界は、超不便な世界を自ら作って自らの首を絞めて自死する運命へと導くだけの事である。

愚かな人間共は欲呆け、金毒中毒で自らの頭で考えるのも止めてしまった。愚かな人間共は、僅か二〇〇~三〇〇年で生物史上最短時間で、この地球から自らを追い出すかもしれないのだ。

生物の死骸を利用して確かに豊かな見せ掛けの世界を作った。平和で静かに眠っていた死骸を利用し続けて得た豊かさ、利益に相当する支払いを要求されている。

生物達の死骸に依る復讐は、温暖化現象を誘発し、「有って当たり前の排除」を通して人類、人間共を自らと同じ死骸の山を築く事だろう。

生物を創造した神々が、自らの唯一つの失敗を生物の死骸へ命じて、人類、人間共が自ら自死する様に誘導したのだろうか。

奇快人はこれまで多くの拙い文章を書いて来た。全て人類、人間共に対する遺言、辞世と考えて記して来たものだ。

（二〇二二年一〇月?・日）

残された時間

地球人、人類は二一世紀の末まで生存が可能かどうか
人類に残された時間は限りなく零に近い

人類は生存すべきでなかった何者かである。従ってその存在を止めるべきだ。ショーペンハウアーの名言だ。

神々は唯一度だけの大失敗をした。人類なる種族を地球なる楽園に登場させた。地球を破壊し、そして多くの生物を絶滅させて来た生物は、人類、人間共だけだ。

愚かな人間共は遂に自らが自作自演して自らを葬り去ろうとしている。「存在すべきでなかった人類を存在出来なくした」のも人類、人間共だ。

人間の敵は人間だ。人間を滅ぼすのは人間だ。人間が人間として生存する限り戦争は無くならない。戦争が出来なくなって人類、人間共はお終いを迎える。

人間が人間の為に作った社会で人間は仕合せになれない。たまたま生存できていた人類を存在できない存在にしたのが、人類とは実に皮肉である。

今日は二〇二二年一一月九日だ。快晴で気分は爽快だ。何時もの様に喫茶店で原稿を書いて居る。

強欲、金銭欲で世界中の人々が金毒中毒だ。損得、利益の大小等々、人間共の大半はお金、マネーの奴隷だ。文明社会を作って豊かな社会であると誰もが考えて居る。

文明社会を作った事が実は「人類が自らの生存を否定した」のだ。人類は何故に生存出来なくなったのか。

生物史の中で最短、最速の退場は、人類が愚か者であった証であろう。

文明社会を作って頂点に達した社会は「砂の上の世界」だ。豊かで便利な世界は超不便の世界と直列に繋がっている。無数の数えきれない「有って当たり前」を作って仕舞った。文明社会が作った「有って当たり前」に依って、人間共は自力で生きることが出来なくなって仕舞った。

自力で生きられない生物は人間共だけだ。自然界の公理に反している故、その存在意義がなくなっている。奇快人の判断ですぞ。

今はデジタル時代で遂に自力で考えるのも出来ない。考えるのはお金、マネーなどの銭勘定だ。人間が自ら人間たるを放棄して、算盤人間となって結末を迎えるのも如何にも人間共らしいではないか。

進化、進歩と人間共の能力は反比例しているのですぞ。反省して欲しいものだ。

人類、人間共は、自らの力で生存していると誰もが考えて居る。この考え方が根本的に間違っていると気付く事はない。

何故なら地球上では、酸素や水、植物などが、一〇億年、二〇億年の間、一度も不足したり無くなったりした事がない。「有って当たり前」に依って守られてきたのだ。

全ての生物は太陽光が無ければ生存できない。酸素が無ければ動物も五〜一〇分も生きられない。大地が無かったならば全ての生物の誕生はなかった。地球に水が無いと生物は生きられない。人間の力は何一つとして関与して居ない。

根本的にいって人間共は「生かして貰っている、守って貰っている」それだけの存在でしかない。人間共は愚かで傲慢だ。強欲の生き物でしかない。視方を変えて眺めてみれば人類、人間共は動物園で飼育されている動物と同じ様なものかも知れない。

欲呆けで能力、知力が正常に働かない。損得勘定ばかりに夢中で心が劣化して情が無くなって仕舞った。算盤人間集団になってもその事に気付かない。人類は本来、地球上に生存できている事に感謝すべきである。

自らの豊かさ、便利さのみを最優先して文明社会なる「砂上の世界」を作った。この砂上の世界こそが人間共が作った「有って当たり前」を無数に作って自力で生存が出来なくなって仕舞った。

人間共が作った「有って当たり前」は、全ての文明の利器である。インフラである。自動車、列車、航空機、高速道路、発電所、送電線、その他、数えきれない「有って当たり前」に依って生活して居る人間共は、自ら作った「有って当たり前」も自ら破壊して生存が出来なくなって来ている現実に気付かない。欲呆けで。

人類、人間共が作った「有って当たり前」は一〇〇年、二〇〇年前は全く無かったのだ。砂上の世界、文明社会を作らなかったならば、如何なる不自由も発生しないのだ。

何事も謙虚さ、程ほど、腹八分目の心がけが重要なのだ。

便利で豊かに見える世界は、その反対の不便な世界と一対で表裏の関係にある。二一世紀の二〇二二年の今、人間共は何故に生存が出来ているのか。文明社会は「砂の上の世界」と評した奇快人ですぞ。この考え方に自ら御満悦だ。

人類が二一世紀の今も生存できているのは、宇宙が、太陽系が、そして地球が作ってくれた奇跡の「有って当たり前」に依って、守って貰っているからだ。文明社会を作る事が出来たのも全ては天が、太陽系が、地球が作った「有って当たり前」に依って守って貰っていたから出来たのだ。

人類、人間共は今まさに存亡の瀬戸際に立たされている。毎日が命日なる状況にある。地球人は全員がその認識はないのだ。認識しようが、しなかろうが事実である事に変わりない。

人類が自ら主導した地球温暖化は、気象災害を通して太陽系が、地球が作った奇跡の「有って当たり前」を排除して人類、人間共も含めて全生物の生存を不可としたのだ。

太陽系が、地球が作った「有って当たり前」は一つでも無くなると、地球生物は生存出来ない。確実に消滅、絶滅しかない。

もう一つの「有って当たり前」の文明社会も人類、人間共が人間だけの為に「有って当たり前」を作って仕舞った。自ら作った「有って当たり前」も自ら破壊して自ら自死するのは人間共らしい。又それに相応しい死に様だろう。

文明社会の「有って当たり前」を作らなかったならば、実は地球温暖化なる現象が起こらないのだ。温暖化なる現象が無ければ、天が作った「有って当たり前」を消滅させる事は無い。

温暖化は文明社会が生んだ鬼っこである。温暖化は間もなく頂点に達するだろう。その結果は大干ばつ地域と大雨に依って水没する地域に二分されると予測した。

どちらも極限まで達すると植物が全て生きられない。地上の酸素は全て植物に依って供給されているので、人類も他の動物なども五～一〇分でいとも簡単に、雑作なくこの地球上から駆除されるのだ。お判りかな。

大干ばつ地域は草木一本ない世界だ。植物の姿は全く無い。酸素の供給は零だ。そして水も無い。一方の水没地域は大地があっても大地が無い。水の中で植物は生存が出来ない。酸素の供給がこれまた零だ。水があっても飲む水が無い。

温暖化が極限まで達した世界では「有って当たり前」の酸素ひとつが無くなるだけで、人類も他の動物の全てが生命を失う。全生物の命運を担っているのは植物ですぞ。

二〇億年以上も酸素が不足した事はない。地球が作った奇跡の「有って当たり前」の酸素は全て植物に依って一〇〇パーセント供給されている。草木一本一本にも感謝して欲しいものだ。温暖化に依る気象災害は、太陽系、地球が作った「有って当たり前」の幾つかを排除して仕舞う。間違いなく人類も含めて大半の生物は死滅する事になる。

温暖化に依る気象災害は、既にその姿を世界中で見る事が出来る。パキスタンでは六月からの大雨で国土の三分の一が水没して、三三〇〇万人が避難している。当然の事ながら食糧不足が深刻だ。ヨーロッパやアフリカでも、干ばつで食糧不足となっている。

奇快人の指摘の様に、世界中が大干ばつ地域と、大雨に依る水没地域に二分されて、地球が作った「有って当たり前」が排除されて仕舞うのだ。

人類なる害人が居なくなれば、地球にとっても残った生物にとっても久しぶりに平和が訪れる事になる。

世界に目を転じて眺めてみれば、世界中の多くの国で戦争や争いがある。人間共なる生物は同じ仲間を殺すのが大好きなのだろうか。人間の敵は人間だ。人間を滅ぼすのは人間だ。
①今日の味方は明日の敵だ
②今日の敵は明日の味方だ
ロシアに依るウクライナ侵略は、①になっている。この戦争はウクライナ側からみれば、味方そして友人、隣人が手のひらを返して裏切ったものでしかない。

アフリカを始めとして貧しい国々でも、同じ国の中の権力争いで至る所で内戦、内乱が発生している。戦争に依る避難民は数千万人に上るのではないのだろうか。人類、人間共が生存する限り戦争が終わる事はない。

現状の世界では、米国を筆頭に日本を含めてＮＡＴＯ諸国と、ロシア、中国、北朝鮮などが激しく対立している。国連を始め多くの有識者が、第三次世界大戦に大きな危惧を抱いているのは間違いない様だ。米中、米ロの間では不測の衝突を防ぐ為に、両国間で軍関係者トップ同士、政府間ではホットラインで意思疎通も図られている。

人間は所詮、愚か者の集団でしかない。理性が正しく作動するのは、実は困難な場合が圧倒的に多い。西暦になっての二〇二二年間で戦争が皆無の時代はない。戦争が悲惨で愚かなのは誰もが承知している。何故、戦争は無くならないのか。

人間共は欲の塊のような存在である。欲望を制御できなくなっているのだ。欲望のコントロールが出来ないのは、ある面では能力、知力が劣っているからに他ならない。我欲を押し通して、そして自滅してから後悔しても後の祭りでしかない。人類とはその程度の生き物で決して賢くはない存在である。

国連は創立から七七年になる。戦争を話し合いで解決して戦争を無くす為に出来た。国連はスタートから機能しないシステムを導入して、現在もその是正が出来て居ない。安全保障理事会が米、中、ロ、英、仏に拒否権を与えた事が失敗の最大要因だ。

どんな重大局面でも二大陣営では絶えず中、ロが米国やEU諸国の提案に拒否権を発動して如何なる決議も出来ない。安保理は最初から機能しない様に作られている。話し合いをしようが、しなかろうが、人間が人間として存在する限り、戦争は終わらない。人間が戦争できなくなるのは、人類が消滅した時であろうか。

有識者が危惧する第三次世界大戦は、発生すれば西側先進国連合と中、ロの核戦争になる可能性が大きい。ロシア、プーチンはウクライナでの戦争でも、場合に依っては戦術核の使用を仄めかし脅しをかけている。ある面ではプーチンはかなりの苦境の中にいるのだろう。

仮にもプーチンが核攻撃を敢行すれば、ロシアは一日か二日後に米国、そしてNATO軍の圧倒的な空軍力、海軍力のパワーで壊滅は目に視えている。老狂人のプーチンもそこまで決断が出来るのかどうか。プーチンにしか分からない。

仮に米国、NATOと中ロ、北朝鮮連合が本格的な核の使用をしたならばどの様な事態が生じるのか。

第二次世界大戦は六年近くも戦って終戦になった。それでも五〇〇〇万~六〇〇〇万人の死者が出ている。この戦いは未だ通常兵器での戦争であったのに対し、本格的な核戦争では、数日の短期戦で終結を迎えるだろう。これまで経験した事のない死者、そして大都市の壊滅的な破壊で、戦争が出来なくなって仕舞うと考えられるからだ。

中、ロでも国民が戦争反対を唱えれば、政権を維持できない。双方ともにその被害の大きさに気付いて、戦争が出来なくなるのは必定ですぞ。戦争が終わってその愚かさに気付いても得るものは何もないのだ。

人間の敵は人間だが人間共が人間の力で地球人全員を滅ぼす事は出来ない。今なる現状でも世界中の至る所で戦争が行われている。

人間共が戦争をしていられる時間がある内が、人間共の生き甲斐かも知れない様だ。通常兵器による戦争でも核兵器による戦争でも、太陽系、地球が作った「有って当たり前」に依って守られているからだ。

温暖化に依る急激な温度上昇に依る気象災害は、この「有って当たり前」をいとも簡単に排除して仕舞うだけの力とパワーを有して居る。温暖化に依る究極の姿は、地球上が大干ばつ地域と大雨に依る水没地域になる、と持論を展開して来た奇快人ですぞ。

地球生物は温度に左右されて生きて居る。短時間の温度変化は生物が適応できなくて生存出来なくなる。大干ばつ地域と大雨に依る水没地域では、植物が生存できなくなって酸素の供給が出来ない。

二〇億年以上も「有って当たり前」がなくなって、地球人八〇億人は全員が天国に直行となる。温暖化は間違いなく、これから僅かな時間で頂点に達して、その全貌を現す事になる。

強欲の人類、人間共の力で防御するのは不可能だ。温暖化によって地球上から植物が生存できなくなって、人類、人間共は遂に戦争がしたくても戦争をする事が出来なくなるのだ。愚かな人間共が戦争も出来なくなって本物の人類、人間共のお終いを迎える事になる。この温暖化を止める事はもはや出来ない位置に着いて居る。

二〇二二年一一月一八日までエジプトのカイロでCOP27が開かれている。ここでも先進国と後進国の対立で合意は難しい。残念ながら如何なる先端的合意に達しても、既に遅きに失して手遅れなのは明快である。

宇宙は年々、膨張している事が判明している。

宇宙が大きく広がっていくにはエネルギーが必要だ。このエネルギーの正体は未だ判明していない。相対性理論でいう$E=mc^2$と異なる未知の巨大エネルギーだ。

温暖化もこのダークエネルギーの様なもので、人間共の力などで制御は全く出来ない段階になっている。所詮、人間共は愚か者になったままで終点に着いた。

奇快人の小生がこの四年弱の間に書いて来た文章は地球人、人類に対する遺言であって辞世である。

（二〇二二年一一月一五日）

敢えてプーチンを諭ず

ウクライナ戦争

蟻は巨象に踏みつぶされるか　巨象は蟻に倒されるか
プーチンなる狂人が挑んだウクライナへの戦争とは如何なるものか
この戦争を終わらせる方策、戦略を提示する

二〇二二年四月一九日、何時もの様に喫茶店で珈琲を飲みながら原稿を書いて居る。何事も起こらずに日々が無事に過ごせる生活は、実は大変に仕合せ、幸福と思わなくてはならない。奇快人の実感だ。

普段の普通の生活が如何に仕合せ、幸福かを良くよく考えて人生を真剣に生きて欲しいものだ。

ロシアがウクライナに侵攻して、四月二三日で二ヵ月になる。報道写真やテレビで映し出されるウクライナの国土と都市破壊の凄まじさに驚かされる。何故にロシアは隣国そして隣人を殺害して何が欲しいのか。世界中の誰もが疑問に思って居る。

ミサイルを二〇〇〇発以上も発射して無数の建物を破壊して、ウクライナの国土を焼土

と廃墟、瓦礫の山にした。そして老若男女を無差別に殺害している。廃墟と瓦礫の山と化した都市などの復旧は数十年もの年月と膨大な経費が掛かる。殺害された多くの国民は生き返る事はないのだ。

圧倒的な軍事力を誇り、そして勝利して当然の戦争をしてロシアは何を得たいのか。国連のグテーレス事務総長は第三次世界大戦について言及して警告を発している。ロシアのプーチンは、戦術核兵器の使用を辞さずの強硬な態度をも表明して、世界中から非難されている。

日本の大相撲に譬えるならば、この戦争は横綱と幕下が相撲をとると同じで、勝って当然で如何なる評価も得られない。本来ならば有り得ない取り組みと同じではないのか。一〇〇パーセント勝って当然の戦いを仕掛けて、隣国ウクライナの国土と人民を殺害して得るものは一体何なのか、プーチンに聞いてみたいものだ。

これまでも奇快人が指摘した如く地球生物、そしてその端くれに居る人類、人間共も全ては、宇宙そして天の川銀河、そして太陽系の中で無数の奇跡に依って、この地球に住まわせて貰っている事実について世界の政治家は何も考えて居ない。

人類がこの地球上に誕生したのは恐竜達が滅びた事がその始まりだ。六六〇〇万年前の巨大隕石の衝突なる大事件が発生しなかったならば、今なる二一世紀の現在も恐竜達が大地の上を闊歩していたならば、人類、人間共の出現もなく、地球は宇宙の中での一員として、自然界の公理、哲理の中で存在し、悠久の自然界の姿があった筈ですぞ。

大国で唯一人の人物が国を動かす事が出来るのは、ロシアのプーチンと中国の習近平なる二人の皇帝だけだ。プーチンも習近平も既に七〇歳を過ぎている。

「終わりの無い始まりは無い」七〇~八〇年前の時代ならば、命の箱の天命を終えている人生だ。

そしてこの二人の皇帝は非常によく似ている。権力に対する異常な、狂った執念だ。自らの権力を守る為の法律を作って、自国の人民を逮捕する事も死刑にする事も自由だ。国民を守る政治は決して行わない。

両国の国民に自由とか平等、公平、対等は死語だ。政権を批判すれば、全員が直ちに逮捕されて、刑務所に入る事になる。両国の法律は国民を守る法律ではなく、プーチン、習近平を守る法律で先進国では通用しない。

プーチンの身辺を警護する警察や軍人は四〇万人とも報道されている。しかしだ、如何なる人間も所詮は動物であり人間だ。自らの命は如何なる悪法を作っても、何百万人の警護人を配しても、天命は操作できない。

今日なる日にもお終いはやって来るかも知れない。一分先も未来の事は、如何なる皇帝も自由にできないものだ。

ウクライナに対する戦争は、何故どうして止める事が出来ないのか。ロシアの軍人は、自らの行為が、ウクライナの国民を殺害して、国土を破壊し焼土と化して行く光景を眺めて、何を考えて居るのか。

ロシアの軍人が好んで隣国のウクライナ人を殺害して喜んでいるのだろうか。プーチンの命令に反して反旗を翻す隊長、師団長が居るならば、その師団長は世界中から尊敬される英雄になれるであろう。

ロシアの国民が悪い訳ではない。ロシア人全体の多数は、ウクライナ人を殺害する悲惨な戦争を望んでいない。そんな国民は皆無だと考えられる。

この戦争を反対側から考えてみれば一目瞭然だ。ウクライナとロシアを反対にして考えてみる事ですぞ。

即ち、ウクライナがロシアで、ロシアがウクライナと逆にして考えれば明快だ。

ウクライナのプーチンが、ロシアのゼレンスキー大統領に向かって、我々はロシアに対して如何なる攻撃も敵対行動も行っていない、ロシア人を一人として殺害していない、一発の銃弾も発射していない。それに対して攻撃とは！　と激怒するのは当然だ。

そしてロシアの国民もこの戦争が逆の立場であったならば、その悲惨な状況が自国で起こっていたならば、今のウクライナ国民と同じ心情になる筈だ。

四月二〇日、正午のNHKニュースで、ウクライナの国防次官が、ウクライナの都市全体が破壊されたと表明した。

仮に今も記した様にこの戦争を逆に考えてみれば、ロシア国民は、理由のない戦争でロシアの都市が破壊され、そして多数のロシア国民が殺害されて子供や老人、そして多くの若者、軍人などの人生を地獄に陥れる行為に対して、如何なる正義もない！　と言わざるを得ないだろう。

ロシアのプーチン政権は、ウクライナへの米国を始めとした西側の軍事援助に対して猛烈に抗議をして非難している。世界では通用しない価値観で自国のみが正義と主張している。

ウクライナ側の発表は全てフェイク、嘘の情報だと報じている。第二次大戦に於ける日本軍の大本営発表と同じではないか。現状のロシアでは真実が報道される事はない。真実は、国家犯罪で即逮捕され、刑務所入りで場合によっては死刑だ。

プーチンなる狂人を止める事が出来ない。反対する人達は全員が犯罪人にされて、プーチンに反対意見を呈する人物が一人も存在しない。

ロシアの法律は国民を守る為の法律ではない。プーチンとプーチンの利益と側近を守る為のみ存在する悪法で、中国の習近平政権と同一だ。

如何なる頂点も決して長続きはしない。所詮、人間は「死ぬ為に生まれて来た人生」だ。自分を守る強固な法律を作っても、自らの命は、プーチンもコントロール、制御するのは不可能だ。

人類、人間共は奇快人が指摘した様に「全ての事象の頂点に登っている。即ちこの地球なる大地の上で生存が許されざる存在」になっている現状だ。

奇快人と同じで毎日が命日の日々の中で、プーチンの野望などは、宇宙規模で考えれば無と同じだ。

プーチンは、ウクライナ人を一〇万人、或いは一〇〇万人を殺害しても何も反省しないだろう。権力者の弱点は人類、地球人として、宇宙規模での哲理、そして正義について思想がない。政治家とはその程度の存在でしかない。お判りかな。

プーチンの暴走を米国を始めＮＡＴＯ諸国は止める事が出来なかったのか。

西側先進国はまるでスポーツを実況中継している様な報道をして、ウクライナを助けようとしていない。確かに経済制裁は最大規模で行われているが、残念ながらプーチンの横暴を止める事は出来ない。

中国という強力な助っ人がいる。中国はロシアからの資源購入を三〇パーセント近くも多くして、経済制裁を骨抜きにしている。またインドも制裁に消極的だ。

そして何よりもロシアのプーチンが安心してウクライナの侵攻が出来たのは、米国バイデンの戦略の無さだ。無能を端的に表しているのが、最初から米国はウクライナへ米国の軍隊を派遣しないと明言した事だ。

ロシアのプーチンにしてみれば、背後の心配なく安心して戦争が出来る状況を作ったバイデン大統領に感謝したい気持ちだろう。

この無意味な戦争は、二一世紀に於いて人類史の中で最悪の戦争犯罪だ。

勝利して当然の戦争を敢行して、ウクライナの国土を焼土、廃墟にして、四一〇〇万の国民に地獄の苦しみを与えて、プーチンは何を欲したのか。そしてロシア国民にとっても如何なる利益もない筈だ。

禅僧の山本玄峰は「力に依って立つ者は力に依って滅びる」「金を持って立つ者は金に困窮して滅ぶ」なる名言を残している。

米国を始めとした西側先進国の経済制裁は、ウクライナの全国土が破壊され、数十万人の国民が殺害されて、ウクライナが降伏、或いはロシアの言いなりの条件を認めてから効果は現れると考えて居る奇怏人だ。

今日は四月二二日だ。

西側先進国は、今になって重い腰を上げて重戦車、装甲車、戦闘ヘリコプター、重火器の供与を始めると発表した。ウクライナの国土が廃墟となってからの決断は遅すぎです。隣国、隣人の大量虐殺犯罪を見過ごしておいての正義は余りにもお粗末だ。

米国と西側先進国の首脳の戦略的な知見があれば、ロシア軍を敗走させるのは充分に可能だ。何故ロシアがこの戦争を安心して仕掛けられたのか。米国を始め西側先進国NATO軍が兵力は送らない事を明言したからだ。

今からでも考え方を変えてロシアの背後から攻撃すれば、ロシア軍は間違いなく敗退するだろう。プーチンを戦争に駆り立てたのは、米国など先進国にも大きな要因があったと認識すべきだ。心から隣国ウクライナの友人、国民の救出、援助、助けるのは、地球人としての責務と考えるべきだ。

ここからは奇快人なる小生の奇想を持ってプーチンを倒す方策、戦略を披露する。

この意味の無い戦争に対して、米国と西側フランス、ドイツ、イギリス、イタリアなどの大都市で大規模のデモが行われている。ニューヨーク、ワシントン、パリ、ベルリン、ロンドンなどでは一〇万人～二〇万人の国民が、戦争反対の声を上げ抗議している。

世界中からこの人達でモスクワを包囲して仕舞う事だ。

世界中から一〇〇万、二〇〇万、三〇〇万人が心を一つにして、地球人としてモスクワを一〇平方キロ以上で、完全に包囲して仕舞えば、如何なる狂人プーチンも数百万人の人達を攻撃は出来ない。

その様な事態になれば、ロシア国民の多くが賛同して拍手を送り、そして多くのロシア国民も良識ある正義の人間の鎖に参加するのは必至だ。狂人プーチンも手を上げざるを得ないのではないか。

奇快人の独想、そして奇想だが同時に正論であると確信している。

この戦争は今後も長く続くかもしれない。何故なら西側は全てがヘッピリ腰で本気でプーチンを倒すだけの気構え、そして度胸がない。ロシアに軍事介入しない限り、早期にこの戦争を終わらすのは困難だ。プーチンを倒すには圧倒的な力を保持して威嚇するしかない。

米国を始めとした西側の軍事力からすれば、僅か一日の空爆でモスクワの中枢のみを攻撃すれば勝利できる。西側が行う武力行使はロシアを破壊する事ではない。又その必要も無い。プーチンとプーチン政権の本拠地のみを破壊すればそれで充分だ。

モスクワが破壊される訳でもなく、そしてプーチンが行ったウクライナへの攻撃の再現もない。時には力の行使も必要だ。

理想的には前述の通りモスクワを数百万人で人垣を作って、一〇～二〇キロ四方を埋め尽くすのが賢明である。武力行使なくしてプーチンを退場させる唯一の戦略だ。

米国のバイデンは四月二二日、新たに日本円で一〇〇〇億円の兵器の追加援助を決めたと発表した。総額では日本円で四〇〇〇億～五〇〇〇億円となる。

残念ながらこの二ヵ月弱の間での破壊は、既に全ての都市機能を失わせた。極限まで破壊を黙認し傍観して来た責任は、米国を始めとした西側先進国にあるのは明白だ。現状は北欧のスウェーデン、デンマーク、フィンランドも兵器供与に乗り出した。

この一人の狂人プーチンが犯した戦争を一刻も早く終結させるには、米国そしてNATOが軍事介入して、プーチンの暴走を止めるしかない。戦況分析やスポーツの実況中継とは違うのだ。

四〇〇〇万人のウクライナ人の命運を握っているのは、米国そして西側NATO諸国だ。地球人を守る位の気概を持って対処して欲しいものだ。

ショーペンハウアーの「我々は根本的にいって存在すべきでなかった何者かである。だから我々は存在を止めるべきだ」は名言だ。

奇快人の小生は「人類は地球上に生存が許されざる存在」になったと主張して来た。そして人類は「全ての事象で頂点に登ってしまった」、即ち滅亡の道しか無くなっている現状だ。

人類、人間共の敵は人類、人間共だ。人類、人間共を滅ぼすのは人類、人間共だ。この様な論理を展開した奇快人ですぞ。

この悲惨な戦争の早期終結を目指すならば、米国そしてNATO軍が団結して軍事介入するしか方策はない。ロシア軍の背後から海空軍のみでの攻撃で、ロシア軍は敗退すると考えられる。中途半端な攻撃は意味を成さない。大胆で強力な圧倒的な物量作戦が大事だ。ロシアが安心してこの戦争を始められたのは、米国そしてＮＡＴＯの西側先進国の弱腰だ。西側諸国との首脳協議を全て拒否したプーチンだ。

国連のグテーレス事務総長は、プーチンとモスクワで四月二六日に会談すると発表した。二〇二二年四月二三日 何時もの様に喫茶店で原稿を書いて居る。

この戦争でプーチンは戦争には勝利するだろうが、長い目で見れば戦闘（戦争ではない）に勝って、そして同時に大きな敗北をした事実に気付くだろう。

中国を除いてロシアを取り巻く、即ち国境を接する全ての国々がＮＡＴＯへの加盟を目指し始めたからだ。

プーチンがウクライナを如何なる形で支配しようとも、周辺国の全てがプーチンの思惑と逆になってしまっている。完全な戦略の失敗だ。強力で圧倒的な物量作戦で短期にこの戦争を終わらせる必要がある。

そして無血で一兵も損ずる事もなく、プーチンを倒す方策は、前述のモスクワ包囲作戦、人間の鎖だ。

各国の大都市で大規模な抗議デモを行っても何の効果もない。世界中からの勇士が連帯してモスクワを取り巻けば、無血勝利も可能と考えて居る奇快人だ。
即ち蟻が巨象を倒す。

（二〇二二年四月二三日）

二人の皇帝

巨象は蟻に倒されるか　そして蟻は巨象を倒せるか

ロシア プーチン皇帝のウクライナへの戦争犯罪を追及してみた奇快人だ。
改めて二大国の二人の皇帝プーチンと習近平なる人物について奇快人流の読心術をもって分析してみた。

今日は二〇二二年四月二五日、快晴で雲一つなく爽やかな一日になりそうだ。

プーチンがウクライナに侵攻して二ヵ月が過ぎた。勝利して当然の戦いで、しかもロシアの得る利益、即ち戦利品は殆どない。

ウクライナはロシア国民に対して如何なる敵対行為もしていない、一発の砲弾も発射していない、そしてロシア人を一人として殺害しても居ないのだ。

理由なき戦争をして、プーチンは世界中から戦争犯罪人にされても、また西側先進国の度重なる抗議に対しても全てを拒否した。

ロシアと国境を接する北欧諸国などロシアから離反して、プーチンの思惑と願望とは真逆になって仕舞っている。ロシアのウクライナへの意味ない、この戦争はロシアの近隣諸国をロシアが最も嫌うＮＡＴＯ加盟への道を促しただけだ。

ウクライナへの侵攻を機にＮＡＴＯ諸国は、防衛力の強化に本格的に取り組まざるを得なくなった。プーチンは、国境を接する北欧諸国などが中立を放棄してＮＡＴＯへの加盟を促進した。この戦争をどの様に考えて居るのか。是非にもプーチンに聞いてみたいものですね。

国連のグテーレス事務総長は、モスクワでプーチンと四月二六日に会談すると発表した。どの様な会談になるか注目する必要はある。その後ウクライナのゼレンスキー大統領とも会談する事になっている。

これまでも何回もの西側先進国、米国、フランス、ドイツ、イギリス、イタリア、オーストリア、そしてトルコの首脳が、戦争中止や停戦、住民避難路の確保などの話し合いをした。

しかし全て提案を拒否して戦争を続けている。プーチン皇帝は何を考えて居るのか。

この戦争はロシアにとって如何なる正義、そして大義があるのか。勝利は当たり前で、しかも二一世紀で大国が仕掛けた小国への戦争は最初である。ロシア国民も世界中から非難されて、国民全体も実は迷惑を受けているのだ。ウクライナはロシア国民に対して全く敵対行為をしていない。

この事から考えてもロシアのプーチンは理由なき戦争を始めた事になる。

理由なき大義のない戦争で、僅か二ヵ月間で全都市が破壊され、焼土、廃墟にされた国民の苦しみ、悲しみを、プーチンはどう考えて居るのか。

ロシアとウクライナを反対にして考えてみる事だ。ウクライナが大国で、ロシアがウクライナの様な小国で、同じ様な理由なき戦争をゼレンスキーがしたならば、プーチンはゼレンスキーを激しく非難するのは間違いない。

ロシアがウクライナの様な状態で、国内の都市が廃墟、焼土、瓦礫の山になっていたなら、プーチンは何を考え思うのか。よくよく考えて欲しいものだ。

奇快人は考えて居る。生物を創造した神々の唯一の失敗は、この地球なる大地の上に人類、人間共を登場させた事だ。

二一世紀の現在も理由のない、大義も正義も無い戦争をして、地球人が地球人を殺害する争いが絶えないのは如何なる事か。神々は仕方なく愚かな人間共に責任を取らせる為、策略を考えたとしても何ら不思議ではない。

人類、人間共が同族同士で殺し合いをする、全滅への道へ誘い込む戦略を考えたとすれば、一部は納得できる。

愚かな人類、人間共が同士討ちで消滅しなくても既に人類、人間共は強欲故に「全ての事象の頂点」に達して、滅亡は一〇〇パーセント必至の今日此の頃だ。

人類、人間共は利口にみえても所詮は欲呆けの存在で、今日なる命日について何も考えて居ない。人間共の力で生きて居ると勘違いしている愚か者の集団だ。

プーチンも習近平も御年七〇歳を超えている。一〇〇年位前ならば立派な老人だ。そしてご両人はロシア一億四〇〇〇万人、中国一四億人の頂点に達している。

頂点は物理学的な不安定が極大に達している。即ち一億四〇〇〇万倍、もう一方の習近平は一四億倍の転落の可能性を秘めている。

プーチンは二〇年、習近平は一〇年も頂点で君臨してきた。生者必滅は宇宙、地球上の公理であり哲理だ。「お終いのない始まりはない」頂点での一〇年、二〇年は人間世界ではかなりの長い時間だが、宇宙、太陽系、地球なる規模の時間でみれば無に等しい。人生はある面では合理的に出来ている。誰でも万人が自らの思惑の通りに事は運ばないのが浮世の常だ。

一〇〇万人の警護隊を作って、暗殺は防ぐ事が出来るかも知れない。自らの権力基盤を保持する為に自らを守る法律を作っても、実は自らの命は天が握っている。天に支配されている天命なる命は、プーチンも習近平も制御するのは不可能だ。一分後、一〇分後、一時間後の未来は判らない。

人生とは願望、希望、そして思惑と反対に力が作用する。プーチンも、習近平も、自らを守る為の法律を作って、反対する政敵の全てを消去して来た。反対する者は犯罪人として刑務所に収容し、時には殺害し、暗殺を正義と主張して生きて来た人生だ。

人間世界で偉いと言われる人物で、心からの偉人は居ないものだ。奇快人の根本理論だ。

習近平は政権について一〇年になる。習に反旗を翻した者は反腐敗運動なる名目で、粛清、抹殺して、今や習に刃向う人間は見当たらない。

そして党の綱領を改悪して終身共産党ナンバー・ワンの地位を狙って居る。一方で習近平の力に依る政策で失脚した大勢の実力者達の怨念は、これからどの様な形で現れるのか。注目する必要がある。

独裁者は権力に対する執着が異常に強く、そして終身に亘って、その地位保持の為なら如何なる事も強行するものだ。国民の為になる政治は何時も二の次だ。

世界には軍人がクーデターを起こして政権を維持している多くの国がある。昨年の二月にはミャンマーで軍人が民主政権を崩壊させ、そして追放した。国民を守るべき軍隊が武器も持たない多数の国民を殺害した。一〇〇〇人以上の国民が殺害されて多くの国民が隣国に避難を余儀なくされている。

独裁国家で大国はロシアと中国の二ヵ国のみだ。プーチンと習近平は、一卵性双生児の如く非常によく似ている。政敵の排除、抹殺、暗殺などなど、自らの権益を守るのがこの二人の独裁者に於ける唯一の正義だ。

そして自らを守る法律を作って国民を不幸にしても、お終いは必ずやって来るものだ。多くの国民を苦しめても、お終いは自らの身に降り掛かって来るのは自明の理だ。

死ぬ為に生まれて来た人生だ。そして生者必滅も「宇宙に於ける公理、哲理」だ。人生は一場の夢だ。人生は有限で命の箱は大きくても一〇〇年だ。考え方では一秒にも満たない人生ではないのか。

人類、人間共は既に「地球上に生存が許されざる存在」になって仕舞っている。何故なのか。お判りかな。

二人の独裁者と同じで人類、人間共の自らの便利さや利益のみを考えて「全ての事象の頂点」に登って仕舞ったからだ。

自らの利便などは、外から、又は他から視れば害毒が全てだ。自らを守る事は国民や大衆、人民にとって害毒を与え続けるのみだ。

お終いは自ら蒔いた悪の種が成長して自らに降り掛かって来る。因果応報は正しく作動するものだ。

人類、人間共も自らの利便や豊かさ、利益を求めて強欲なるが故に、「全ての事象の頂点」に達した。「程ほど」「腹八分目」、謙虚さを忘れて近代文明社会を創った。

近代文明社会の創造こそが、自らが絶滅への道を拓いたものだ。残念ながら欲呆け、金呆けで真実を知ろうとしない。又その能力もない。太陽系の地球で何故に生物、動物そして人類、人間共が生きて居られるのか。人間共の力など一つとして無い。

にも拘らず、愚かな人間共は人間の力で生きて居ると勘違いしたまま、その終焉を迎えるのだろう。

生物を創造した神々は、唯一度の過ちをした。登場させるべきでなかった人類、人間共を地球なる大地に送り出した。そしてもう一つの失敗は生物の中で最弱の生物なるが故に同情して能力、知力、知恵を授けた。これが第二の大失敗だった。

恩が仇になった。人類、人間共が神々を裏切ったのは人類、人間共二〇万年の〇・一パーセント位の時間、最近の事だ。

即ち三〇〇年位前までは、この動物も他の生物と同じ様に、動物として人間として大自然の中で調和して生きて来たのだ。道を誤ったのは近代文明社会を目指して達成したからですぞ。

昨今は我が国でも一日の温度差が一〇～一五度となる日々だ。四月だというのに多くの地点で三〇～三一度と真夏の七月の陽気だ。そして雨が降れば一日二四時間で三〇〇～五〇〇ミリとなっている。温暖化現象が顕著に表れている。

この温暖化現象は人類、人間共が自ら招いた「始まりのお終い」の最強の悪魔だ。因果応報だ。神聖なる地球活動を人為でその精巧なネットワークを破壊した。万死に値する犯罪だ。

その様な生物は人類、人間共しか存在しないのだ。人類、人間共だけの豊かさ、便利さ、利益の追求は地球にとっても全地球生物にとっても百害あって一利もない。

その根元は何だ。

「生物の死骸の大いなる復讐だ」

これこそが奇快人の独想だ。

数億年も静かに眠っていた死骸を掘り起こして灼熱の世界へ送り込み、そして一年三六五日、産業資材として、また家庭内での日用品として酷使している。

物言わぬ生物達のその怨念の復讐こそが、地球温暖化現象だ。

世界中で多発する異常気象に依る自然災害は、年々その規模が大きくなって人類、人間共の存亡を左右する事態になって来ている。未だ多くの地球人はその認識が全くない。今は点状、スポット的災害だがその点は年々、そのスピードを増して大きく成長している。点は運動移動のスピードを速めて一本の線となる。線となった線がどんどんと移動をして、お終いは全地球を覆って仕舞うだろう。

人類、人間共はこの地球上からおさらばだ。今日が命日である状況の中で欲呆け、金呆け人間共の末路と知恵はお粗末そのものだ。地球生物の死骸の復讐は強烈、そして激烈なものになるだろう。

プーチン一億四〇〇〇万人、習近平一四億人の頂点に立ってどれ程の政敵を追放し抹殺して来たのか。

追放、抹殺、暗殺なる悪行で頂点に立って居る。数億年の安眠を妨げられた多くの生物の復讐と同じで、その怨念の復讐が待って居る。

プーチンも習近平も大勢の政敵を追放し抹殺、暗殺をして頂点に立って居る。無数の生物達の怨念と同じで、プーチンも習近平も同様の仕置きを受けるのは必然と考えられるのだ。

所詮、人生は有限だ。生者必滅の世界だ。如何なる権力者も自らの命の箱は実は制御できない。

四月二六日、国連事務総長グテーレスはプーチンと会談した。

話し合いは成功せずに成果は零だった。プーチンはロシアに対する敵対行為は犯罪で、如何なる攻撃にも強力な対抗策を取ると表明した。

必要と判断すれば核の使用も辞さない強硬姿勢を示して、戦争に対して正義を信じている様だ。この戦争の悲劇は早期に終結させなければならない。

四月二九日、バイデン大統領は、ウクライナへの追加支援の要請を議会に要請すると発表した。

軍事支援、食糧、医薬品その他、復興支援など、ウクライナの国土が大半破壊され廃墟と化した後の決断は遅すぎる。ロシアのプーチンが横暴を自由に出来たのは米国、NATO諸国の戦略のお粗末さだ。

この戦争の早期終結は軍事介入しか方法はない。圧倒的な物量作戦で展開し、混乱させる必要がある。

「終わりのない始まりはない」この戦争の行方、終わり方は今の所は判らない。考えられるのはウクライナの全面降伏だ。もう一つはこの戦争の長期化だろう。

しかしだ、この戦争が一年も続くとは限らない。ウクライナの勇敢な兵士達も、食糧が無ければ戦う事が出来ないからだ。この戦争が六ヵ月、一年と続く様なら、プーチンなる狂人は核兵器の使用に踏み切る可能性は充分に考えられる。

国連事務総長グテーレスがいう、そして恐れている第三次世界大戦になるかどうかは全てをプーチンなる狂人、皇帝が握っているのだ。

神々は愚かな人類、人間共を抹殺して、この地球なる大地の上から人間共の追放に成功するのだろうか。残念ながら人間共の同士討ちでは無理がある。プーチンや習近平の命は取るに足らない単なる出来事だ。愚かな人間共の同士討ちでは、地球上の人類を滅亡させるのは困難だ。

しかしだ、太陽系、地球などの自然界は、地球上の自然界のこれ以上の破壊を防ぐ為に人類、人間共が住めなくなる環境を作れば間違いなく、人間共を駆除できる筈だ。神々が手を下すまでもなく、今や毎日が命日を迎えているのが現状だ。

その全ては人間共の強欲だ。金権、拝金社会、自然界との共生を忘れて人間共、そして、ついに「全ての事象の頂点」に上って仕舞って一〇〇パーセント絶滅が決まった。

人類、人間共の愚かな事は、人間が人間の力で生きて居ると勘違いしているのが根本にある。宇宙、天の川銀河、その中の太陽系にある地球が、その生物が生存に必要な凡ゆる条件をクリアー出来る、舞台装置を作って用意してくれているのだ。

数えきれない無数の奇跡に依って、地球生物は生かされて貰っている認識がないのが真の愚か者の集団だ。神々と宇宙なる自然界は地球上の全てが、ウクライナの様な廃墟、焼土、瓦礫の山になる前に必ず鉄鎚を下すのだろう。

そう考えて居る奇快人だ。

アナログ時代とデジタル時代の境界で人類、人間共は「全ての事象の頂点」に達した。神々の仕置きが無くても自らの始末を自らがやる運命になった。人間はその認識が零だ。欲呆け、金呆け、そして「お終いのない始まりはない」。

世界一の悪党も独裁者も又、プーチンも習近平も所詮、唯の人間に過ぎない。

余命はそれ程、残って居ない。生時有限は哲理であり、公理で、プーチンも習近平も例外では有り得ない。

現状の人間共が繰り広げる様々な醜い争い事は、人間共の住む世界のみだ。

人間共を遥かに超越した無欲の世界に住む知的生物が存在するならば、天上界から下界を眺めて、その愚かさに驚くに違いない。

地上で人間共の悲喜劇を終わらせるには人間の抹殺しかない。

人類、人間共を救うには人類、人間共が、自ら責任を取って退場するのが善というものだ。

（二〇二二年五月一日）

義勇兵

狂人プーチンを倒せ　ゼレンスキーは世界中から義勇兵を募集せよ
五万〜一〇万人の勇敢な勇士をもって地球人として大義、正義を守れ
ウクライナの敗退は人類、人間共の絶滅と同じだ

米国のバイデン大統領は、二〇二二年五月九日、ウクライナに対し武器貸与法の適用を決定したと発表。素早く円滑に武器の供与をする為だ。そしてこの戦争が長期戦になると予想した。年内の終結は望み薄との見解だ。

どの様な形でのお終いになるのかは、今の段階では判らない。

ゼレンスキー大統領は最後まで徹底的に戦うと主張して居る。大国ロシア軍に対してウクライナ軍は勇敢に戦っている。全ての面で劣勢にも拘らず、全員が玉砕覚悟で命をかけて戦っているのは間違いない。

祖国を守る為、そして国民、家族を守る為に命を懸けて戦っている兵士に対して、敬意を表さずにいられない。

狂人プーチンに対して鉄鎚を下さなければならない。ウクライナ人四二〇〇万人を不幸のどん底に追い詰めたプーチンの戦争犯罪は、早期に終わらせなければならない。この戦争は大義も正義も何の理由もない。狂人プーチンの暴走に過ぎない。

他国の国土を破壊し無差別殺害をして世界中から非難され、戦争犯罪人とされてもプーチンの暴走を今の所、止める事が出来ない。

この戦争でウクライナを敗戦国にして仕舞うのは断固として避けなければならない。何故なら狂人プーチンを喜ばせるからだ。狂人プーチンにその犯した大罪に責任を取らせる為には、ウクライナを敗者にしてはいけないのだ。

大局的には、地球人類の英知としてこの愚かな戦争が、大国が犯した最後の戦争にする為にも、世界中が団結、一致結束してプーチンを退陣に追い込む必要がある。

米国を始めとした西側先進国ＮＡＴＯの弱腰をプーチンに見透かされて、破壊が極限に達したのを見届けてからの重火器の供与は遅すぎる。ウクライナの国民を不幸のどん底に追い詰めた責任は、西側先進国にある。

地球人として世界が一丸となってウクライナを援助する必要がある。地球人としての責務だ。ウクライナを敗者にしてはならない。大義や正義は人類、人間共の哲理と考えるべきだ。

西側先進国は現状下でも未だヘッピリ腰だ。「力には力で対抗するしか勝つ方法」はない。狂人プーチン一人がそんなに怖いのか。西側先進国の戦争能力はそんなに低いのか。プーチンに見下されて、その横暴、暴挙を許したならば正義はない。


そこで奇快人は提唱したい。

世界中から義勇兵を大々的に募集せよ。軍隊の投入が出来ないならば、世界中から勇士を募って、ウクライナを地球人全体で守るべきだ。

今はインターネットで即時、リアルタイムで情報を伝える事が出来る。世界中から一〇万人や二〇万人の勇士は充分に集まると考えて居る奇快人だ。

奇快人の小生も五〇～六〇歳の体力であれば、一番でウクライナに参上して一兵卒として命を懸けて戦う用意がある。残念ながら八五歳手前になって「死体で生きて居る奇快人」は、一兵卒として貢献が出来ない。

しかし世界中にはこの老人さえも考える様に大勢の若者が居ても当然だ。奇快人の予想ではロシアの若者達、意外と多数の国民が、良識ある判断をして義勇兵に参加すると思って居る。

仮にロシアの多くの国民が、ウクライナを救う為に応援、友軍として、参加するならば、狂人プーチンにとって大きな打撃になる。世界中で大義、正義のない理由なき無意味な戦争を終わらせる最大の戦略だ。

世界中の国々から一万人中の一人が義勇兵に参加すれば、世界中から七八万人の義勇兵が集まる。一桁少ない一〇万人中の一人で計算して七万八〇〇〇人だ。この数字は狂人プーチンの打倒には十分すぎる人数である。

と同時にプーチンのお手上げ降参は間違いないと確信している奇快人ですぞ。この奇快人の発想をウクライナ大統領に進言して貰って、極悪に対して正義の知恵で勝利して欲しいと願って居る奇快人だ。

奇快人は、既に「人類、人間共は全ての事象で頂点」に達している運命だ。奇快人の小生と同じで、毎日が命日なる状況下の世界ですぞ。世界中からの義勇兵の募集を大々的、そして組織的に決行する広告宣伝効果だけでも、プーチンを震え上がらせるパワーになる。

一万人に一人の応募なら七八万人、一〇万人に一人の応募なら七万八〇〇〇人の義勇兵は必ず集まると考えている奇快人だ。そして夢物語でない事は実行すれば判明する。

狂人プーチンは力でもってウクライナ国民を従属させようとした。他国、そして隣人の主権は認めない。自らの主権のみが主権として存在する。

このプーチンの世界は中国以外では通用しない。

力のプーチンに対抗する度胸ない米国、そして西側先進国は、然らば知恵、そして戦略で勝利を目指すべきだ。たった一人の狂人プーチンに振り回されている現状の世界は、一面では人間そのものだ。容赦は必要ない。本来は「力には力で、知恵には知恵」をもって勝つ事が重要だ。

ロシアではインターネット上の情報は即、遮断されて多くの国民には伝わらない。然らば北朝鮮から韓国に亡命した人達が、行ってきた風船を飛ばして、モスクワ上空にばら撒くのも一つの戦術だ。

地球上の人類は今や「地球号なる宇宙船から全員が下船」は必至の状況下にある。お終いのおしまい位は大義、正義をもって欲しいと願って居る。

（二〇二二年五月一二日）

各国の軍事支援

二〇二二年五月二〇日、米国バイデン政権はウクライナに四〇〇億ドルの支援を決めた。日本円で五兆円になる。G7財務相会議では日本円で二兆円に上る支援を決定した。

今日は二〇二二年五月二一日、あと二日でウクライナ侵攻から三ヵ月となる。西側先進国にはこの戦争が長期戦になるとの予測もある。果たして、どうなるかは終わってみなければ分からない。

ロシアのプーチンは破壊、無差別攻撃、ウクライナ人を殺害しても、反省する事はない。ロシアのみが正義であると主張するだろう。プーチンは戦争に勝利しても、結果的には大敗した事実を後になって知るだろう。

スウェーデンとフィンランド両国は五月二〇日にNATO加盟の方針を決定した。中立政策の変更はロシアに依るウクライナへの侵攻が要因だ。ロシアのみに主権が存在して、他国の主権は認めないプーチンの考え方は、世界では通用しない。プーチンの考え方が通用するのは中国と北朝鮮、ミャンマーなど、軍事独裁政権のみだ。

プーチンが最も嫌うスウェーデン、フィンランドのNATO加盟は、プーチンが自ら蒔いた種だ。因果応報は世界中で通用する法則で、プーチンの強権は通用しない事を示している。

両国のNATO加盟はロシアにとっては脅威だ。重要な国境地帯をNATOに依って占められて仕舞って、これ以上の失政はない。

NATOを最大の敵と考えて居るプーチンは、ウクライナへの戦争がこの事態を招いた事をどう考えて居るのか。

ウクライナへの侵攻がこの様な事態を招く事は誰でも予測できた筈だ。

二〇〇年近くも中立国だった両国が、今回のロシアの暴挙に対して恐怖を感じ、国民の命を守る為にも決定したのは間違いない。

勝って当たり前で大義と正義のない戦争犯罪を犯し、西側先進国からの信頼を無くしてまでして、プーチンは何を得ようとしたのか。

ロシア国民一億四〇〇〇万の人々は、実際はどう考えて居るのか。ロシア政府は、プーチンの政策について八〇パーセント位の支持率があると発表している。ロシアの世論調査は実際のところ信用できない。

何故ならばプーチンを公然と批判すれば一〇年以上の刑事罰が科される。日本の「物言えば 唇寒し 秋の風」に通じる。ロシア国民も又、日本での「三猿」が常識だ。見ざる、聞かざる、そして言わざる。ロシア国民はプーチンなる皇帝に従属しているのが自らの生活を守る手段だ。

ロシア国民の大多数は、隣国ウクライナへの戦争に、内心では反対しているに違いない。常識や大義、正義などは人間が本来もっている精神だからだ。

そしてその戦争の前線の軍人達も、人間が人間を無差別に殺害している現実に対して何を考えて居るのか。

地球人としての正義から考えてみれば、皇帝プーチンに対して反旗を翻す軍人が居ても何ら不思議ではない。その様な師団長が一人、或いは二人くらい存在して、地球人として、軍人として、ロシア国民として良識を示すならば、彼らは歴史に名を残す英雄になるだろう。

西側はこの戦争が長期戦になるとの見解を示している。しかしだ、この戦争は早期終結が望ましい。何故なら国土の破壊と人命を救う為だ。

米国、NATO諸国はこの三ヵ月弱で総額八兆円近い支援を表明し決行している。武器供与も最先端の重火器、ミサイルなどを本格的に供与し始め、その効果が現れて来ているのは事実だ。

それでもウクライナ単独ではこの戦争の勝敗は決着が付かない筈だ。

何故ならばウクライナ単独では大国ロシアを相手に戦う国力がないからだ。ロシアの皇帝プーチンも、実は彼の強権の力が限界に達して、ガバナンスの低下が見られる。その様な情報が西側のマスコミなどの報道で判る。プーチンに関する幾つかの病に関する報道などは側近しか知らないからだ。

またクーデターの可能性に対してかなり神経質になっているとの報道等もある。クーデターが起こるとすれば、どの様な大義をもって説明するのか。大きな関心事だ。

考えられる事は、プーチンが病気で正常な判断が出来なくなって、ロシアの国益を守れなくなった。その様な口実でプーチン失脚のシナリオが最も説得力がある。

今のところロシア軍の大きな規律の乱れ、反旗を翻す動きは無い様だ。しかし未だ遅くない。勇気をもって地球人として伝統あるロシア国民、軍人として命を懸けて立ち上がって欲しいものだ。

所詮「死ぬ為に生まれて来た人生」だ。生者必滅、頂上は奈落の底への近道だ。この戦争を長期間に亘って継続するのは双方ともに困難を伴う。米国もＮＡＴＯ諸国も財政状況はどの国も厳しい。多額の援助を続けているのは国民の理解が得られない。

ウクライナ側の発言は、強気の姿勢で一貫して通している。即ち二〇一四年、ロシアに占領されたクリミア半島の奪還も辞さずと主張して居る。残念ながらウクライナは単独で大国ロシアと戦うだけの国力はない。米国を始めとした西側先進国の援助によって戦争を続けているのが現状だ。

ウクライナの国民、ゼレンスキー大統領、軍人などの愛国心、同朋に対する愛情、そして勇気に対して敬意を表したい気持ちで一杯だ。制空権、制海権をロシアが握っている限り、ウクライナの勝利は困難だ。

如何に勇敢でも、最先端の兵器には人間の命などは儚いものでしかない。この戦争を早期終結に向けて、世界中は団結して地球人として大義、正義を守る事が重要だ。

米国、西側先進国は勇断をもってロシアの制海権と制空権を排除する以外にプーチンを負かす事は出来ない。多くのミサイルは艦対地ミサイルで海上から発射される。ロシアの黒海艦隊を壊滅させれば、ロシア軍の士気低下を誘い、停戦の可能性が生まれると予想されるが、ロシアの制空権の排除はかなり困難だ。

ロシア国内の空軍基地の攻撃に踏み切るだけの覚悟は、米国を始めNATO側にはない。第三次世界大戦の危機があるからだ。制空権の排除は出来ないが、黒海艦隊の排除は比較的に容易だ。原子力潜水艦での攻撃、空軍による爆撃で充分に可能であると考えられるからだ。

兵器の供与だけではウクライナがいくら頑張っても、一年、二年と戦うだけの体力そして国力は無い。戦争が長引く事は極力、避けなければならない。戦争に依る犠牲者が増えるのみで、ウクライナにとっても悲劇を大きくする。

仮にロシア国内の空軍基地を攻撃すれば、プーチンが核戦争を仕掛けてくる可能性は大きい。

その様な事態になった時に、中国はどの様な行動に出るのか。

米国を始めとした西側先進国が武器供与だけで、この戦争を早期に終結させるのは難しい。「力には力で対抗するしか手段はない」のも事実だ。

地上軍の参戦は困難でも、ロシア軍プーチンには大きな脅威になる、黒海艦隊の壊滅はロシア軍に大打撃となり、そしてまた軍の士気低下を招き、国内に於いて反戦気運の高まりも充分に予想される。

プーチンは既に二二年間も一億四〇〇〇万人の頂点に立ってきた。従ってプーチンに未来など無いのだ。「お終りない始まりはない」プーチンも例外ではない。

既にその可能性はあるかもしれない。クーデター、暗殺、一部軍人達の反旗など、その他国民大衆に依るプーチン退陣要求、デモなど。今日一日も一時間先も未来は誰にも判らないものだ。

人生はそして運命は考え方では合理的に出来ている。大半の欲望は目的達成の手前で挫折するものだ。

奇快人の小生は、「人類は地球上に生存が許されざる存在になった」と、何度も表明して来た。

毎日が命日なる位置にいる人間共はその様な状況下にあって、同じ地球人が隣人を殺害して戦果として発表している。救い様の無い憐れな愚か者の集団だ。

米国を始め西側先進国は武器供与を、いくら強固にしてもロシアを負かすのはかなり困難だ。西側先進国が今後も一兵も投じないならば、唯一つの有効手段は情報戦を仕掛けて、直ちに世界中に志願する義勇兵を大々的に呼びかけるのが賢明だ。

インターネットで地球人として大義、正義の為に戦ってくれる人々を、ウクライナに大集結させる事だ。

世界中から一〇万人中一人で七万八〇〇〇人、一万人に一人の参加で七八万人が集まると考えて居る。これはプーチンにとって大きな脅威だ。

ロシアからも一万人中一人が参加すれば一四〇〇人だ。実際にはそれ以上の参加が期待できるのではないか。この戦争が大義も正義も無い、理由なき戦争と誰もが判って居るからだ。

プーチンが安心して戦争をして居られるのは、西側からの攻撃の心配が全く無いからだ。背後からの攻撃が全く無いと考えて居るプーチンに鉄鎚を加えるには、軍事介入も辞さずの強硬姿勢を明確にする必要がある。

口先だけでも強気の攻勢をかける事だ。

この戦争は早期終結される事が最重要だ。これ以上の国土の破壊と大量殺人を防ぐ事が肝要だ。プーチンなる人間に思い知らせるには「力には力で対抗するしか手立てはない」。力で対抗する事が一〇〇パーセント出来ないならば、知恵で勝利する方策を考えるしかない。

唯一の方法は何度も述べた様に、世界中から志願する勇士、志願兵、義勇兵の大募集なる宣伝戦を繰り返し続け、情報を世界中に知らせる事のみだ。

世界中が地球人として良識ある行動と勇気と正義を貫いて欲しい、と願って居る奇快人だ。


（二〇二二年五月二七日）

人間の鎖

独裁者プーチンなる狂老人を退陣させる戦略を再度記す

無血で如何なる軍事力の行使もしないで、勝利する方法はこれしかない。

モスクワを戦争に反対するロシア人、そして世界中から人々を集結させて、包囲する事だ。

老狂人プーチンも数百万人の人々を殺害する事は出来ない。その様な事態になればプーチンも何も出来ない。無力を感じる筈だ。そして失脚、退陣となるだろう。

ウクライナはロシアに対して如何なる敵対行動もしていない。ロシアの領土を一ミリも侵略していないし、またロシア人をその領国において一人として殺害していない。

理由なき戦争をしたのはプーチンなる老狂人に依る領土的野心だ。

国連憲章、国際条約に違反している事はプーチンも充分に承知している。

プーチンはウクライナが元々はロシアの国だと、考えているようだ。自国の領土を自国に戻すのは当然で国連憲章、国際法に違反していない。この様な論理であると推察される。そう考えて居る奇怏人ですぞ。

二〇二二年九月三〇日、プーチンはウクライナの四州をロシアに併合すると発表し、一〇月五日にその法律に署名した。

これでロシア国内法が適用されてロシアの国土となった。ウクライナの原子力発電所もロシアが管理すると発表して、ますます強硬姿勢を鮮明にしている。

プーチンは内心ではかなり焦っている様だ。ウクライナ国内での戦争は侵攻から七ヵ月が過ぎた。プーチンにとっての大誤算だろう。

戦争突入を決断させたのは、米国のバイデン大統領、ＥＵ諸国、ＮＡＴＯが兵員を一人も派兵しない、と開戦前に発信したことだ。背後からの攻撃の心配が無くなったと考えたプーチンは安心して侵攻を始めた。プーチンはこの戦争は短期間で終結できると考えて侵攻した。

二〇二二年九月から一〇月にかけてロシア軍は劣勢に追い込まれている。多くの地域でウクライナ軍が領土を奪い返している。

ロシアとウクライナは隣国であり、これまで同胞であり友人であった。従って相互で親密な関係があり、婚姻した夫婦が沢山いる。多くの国民が親族の関係にあり、戦争などは誰一人として望んで居ない。

長くて一ヵ月、最悪でも三ヵ月で、ウクライナが降伏すると考えて居たと思われるプーチンの思惑が、何故はずれて仕舞ったのか。巨象が蟻を踏み潰す位は雑作もない筈であった。

計算外の長期戦になってプーチンは焦っている。だから四州を併合してロシア領とする事で戦果として国民に知らしめる、その様な効果を計算したのだろう。

プーチンは九月に三〇万人の予備兵員の召集を発令した。ロシアの各地で反対運動が頻繁に発生して多数の国民が逮捕された。若者の多くが国外に脱出する動きも沢山ある。強権も必ずお終いはやって来る。

ロシア国民もプーチンを批判すれば、即逮捕されて刑務所行きだ。中国でも習近平、そして共産党を批判すれば、国家反逆罪で一〇～一五年の刑に処される。発言の自由は全くない。

強権政治のプーチンでも一億四〇〇〇万人のロシア国民が、本心から支持している割合はかなり低いと考えるべきだ。体制批判は当人だけに限らず、その影響が家族にも及ぶので、反対などが起きようが無いのだ。然しだ、潜在不支持率の高さは、不安定さが高い事を示している。

一人の兵員も派兵しないと発言した米国を始めとしたNATO諸国が、一寸法師のウクライナをガリバーに変身させるのを、感知できなかったプーチンは、戦略を誤った事になる。

この戦いでの勝利を得てもロシア国民、また多くの先進国からも如何なる評価も得られない。プーチンも習近平も御年七〇歳の老人だ。

自らを守る法律を作って最強の警護部隊を作って守っても、自らの命は守れない。生者必滅の宇宙の公理だからだ。人類は、「地球上に生存が許されざる存在」だ。そして現実は認識しようが、しなかろうが、実は毎日が余命幾ばくもない運命である事を知る必要がある。

プーチンを倒すのはロシア国民でなければならない。心から自らの人生、安泰の未来を考えれば、たった一人の老狂人を倒すのは不可能な事ではない。

三〇万人の予備役兵の召集では二〇万人が応じたと報道されている。三〇万人の全員が手を縛って刑務所前に集合して、刑務所入りを願い出れば、プーチンは窮地に追い込まれる筈だ。

三〇万人の召集された全員、そしてその家族、友人など、ロシア国民の多数がプーチン反対の大合唱を全国で展開するならば、反体制派の勢力も団結してプーチン打倒に動くのではないのか。

その様に考えて居る奇快人ですぞ。たかが一人の老人に一億四〇〇〇万人の人生、命運を託すのは止めるべきだ。

この戦争は二、三年も続く可能性は低い。一年間か長くとも一年数ヵ月になると思われる。何故ならば蟻は蟻でしかない。一寸法師でしかないのだ。ウクライナ単独なら降伏に追い込まれていた可能性が大きいからだ。

どの国も財政難で困っている。何時までも援助の継続が出来ない多くの国で、援助疲れが発生して国民の賛同が得られなくなる恐れが充分にある。

米国も一一月に中間選挙がある。民主党バイデン政権は劣勢が伝えられている。トランプなるプーチン似の人物が何故か圧倒的な人気を誇っている現状では、明日の事は判らない。一寸法師を巨人ガリバーに化けさせている時間はないのだ。

ウクライナの国民は勇敢で団結して戦っている。敬意を世界中が表している。

よくよく考えると、この問題は本来ならロシアの国民が、団結して戦わなかったのが原因だ。頂点に居て、然も二二年間も国民を牛耳ってきたのを許したのは、ロシアの国民なのだ。

誰もがプーチンに逆らえないと最初から考えて、体制に従い自分だけが有利に立ち回ることを考えて生活したからだと思われる。

頂点は長くは続かないのが哲理だ。頂点こそが転落へのエネルギーが最大になっている。その兆候は少しずつ表面化している。

内部崩壊は近い将来に起きる可能性が大きい。この戦争はプーチンと、米国を始めとした西側先進国、NATOの代理戦争なのだ。プーチンは、ウクライナの代理の米国、NATOと戦っていると考えるべきだ。

大事なのはロシア国民が決起して、モスクワを数百万人で包囲して声高だかにプーチン反対、プーチン退陣の要求をするのが一番だ。

これに勝る打倒プーチンの戦略はない。ウクライナの国民、そして同胞、友人を救うのはロシア人である事を認識して欲しいものだ。

（二〇二二年〇月〇日）

ウクライナ駐日大使 殿

地球人として日本国民の一人として、皇帝プーチンの大義と正義、そして理由なき暴挙に対して連帯の意を表します。そして祖国の為、家族、同胞、友人などを守る為に戦っている軍人、兵士に心から敬意を表します。

狂人プーチンなる人物は世界中が一致団結して追放する必要がある。地球人として正義を貫く必要がある。自国の主権はあるが隣国の主権はないとの主張は世界中で通用しないのは当たり前です。

学校や病院まで無差別に攻撃をして狂人プーチンは何を欲しがっているのか。僅か三ヵ月弱の時間でウクライナの大半の都市を破壊し尽して焼土と廃墟にした、その犯罪の大罪に対して責任を取らせる必要がある。大勢の子供や老人、婦女子、そして兵士達を殺害した。犠牲になって亡くなった人々は生き返る事はない。

ウクライナでの惨状がロシアで起こって居たならば狂人プーチンは何を考えるか。加害者とその反対側の被害者の立場を逆にしてみれば明瞭だ。

プーチンの主張は悉く全てが間違っている。世界中が団結して地球人として人類が最後のお終いの大義、正義を守らなければならない。

その様に考えて居る日本国民の一人です。同封したレポートは、駐日大使殿が披見して戴ける事を願っております。ゼレンスキー大統領閣下の元に届き、そしてウクライナ国民の皆様に伝えて戴ける事を願っております。

二〇二二年五月一六日

奇快人

（手紙は実名、住所も表記した）

銃弾を一発も発射せず、狂人プーチンを退陣に追い込む事は可能かどうか。
その答えを提示した。西側先進国は一致団結して大義、正義を貫け。
ウクライナを世界中が、地球人として守れ。

奇快人

一場の夢

命の箱

二〇二二年年初、改めて人類、人間共の世界、政治家などについても焦点を絞って考えてみました

奇快人と称して早くも半世紀が過ぎた。竜宮城を卒業して二年と七ヵ月が経過した。動物としての側面から視れば「生きた死体」だ。親鸞上人は言った。

人の命は日々に今日やかぎりとおもい、時々に只今や終わりと思うべし

名言だ。

今という今日の奇快人は俗世、俗欲の世界を卒業して「無心」の心境だ。明日という日が来ないのが唯一の強運と考えて日々を生きて居る。

「一日一生、日々元旦」、そして「日々落日」の気持ちで夢想人として生きて居る毎日だ。人生は一場の夢だ。考え方では一秒なる人生と考える事も出来るのだ。百年、千年、万年も通り過ぎて仕舞えば全て零だ。

道楽三昧の人生を八一年も過ごした奇快人の今なる心境は、人生は「無いのが強運だ。人間だけには生まれたく無かった」が心底からの思いなのだ。

二〇二二年の一月二三日だ。

この二〇二二年の正月、そして今日なる一月二三日をもって人生がお終いになって欲しいものだと考えて一日を暮らして居る。

久し振りに奇快人が幼稚園に入園した時の兄弟、姉の写真を眺めてみた。

自慢するつもりは、さらさら無いが利発で兄弟の中で一際目立った存在に視えた。仮にも小学校での二、三年の低学年で人生をお終いの強運に恵まれて居たならば、天国での人生で最強の人生であったと考えている。奇快人、唯一の不運は長寿だ。長寿こそが罪悪だ。

「短命は幸運、長寿は不運」

奇快人の哲学だ。

今日は三人の有名人の辞世と哲学者、思想家など六人の名言を参考にして改めて人間について、人生について考えてみた。

ショウペンハウアーは、

「我々は根本的にいって存在すべきではなかった何者かなのであり、だからこそ我々は存在する事を止めるのだ」
と主張して居る。生物、そして動物、その端くれに存在する人類について、その存在を否定する理論で、敬意を表したい名言だ。
生物、動物、そして人類、人間共を含めて生命を創造した神々があるならば神々の意向を知りたいものだ。
テオグニス
地上にある人間にとって何よりも良い事、
それは生まれもせず眩い陽の光を目にせぬこと
人生を鋭く見抜いている名言だ。
もう一人のシオラン
唯一つの本物の不運、それはこの世に生れ出る不運
短くて名言である。全て奇快人の思想と一致して居るのに驚かされる。
釈迦のいう処の、

人生は苦の世界、苦界

と共通しているのだ。五〇〇〇年も一〇〇〇〇年も前から、この様な思想があるのは素晴らしい。

人間が人間として自ら頭で考えていた証拠でもあり、人生を一生懸命に生きて居た証だと奇快人の小生は考えている。

日本人三人の辞世から一休宗純、豊臣秀吉、黒田長政を引用してみた。

田中章義著『辞世のうた』から。

一休宗純

極楽は十万億土と遥かなり　とても行かれぬ草鞋一足

と詠んで居る。人生を仕合せ、幸福に過ごす事は至難であると喝破している。

豊臣秀吉

露と落ち 露と消えにし 我が身かな 浪速の事も 夢のまた夢

と歌って居るのだ。国主となって日本中が我が庭と呼んだ秀吉、その波乱万丈、豪華絢爛、煌びやかな人生も過ぎ去って仕舞えば「一場の夢」だ。

時間は止まる事は無いのだ。宇宙がある限り。

秀吉のお終いも天下人とは思えない、憐れなものである。徳川家康を始めとする五大老、石田三成、前田利家等の五奉行に対して涙を流して息子秀頼に忠誠を願い、懇願してお終いを迎えた。

天下人になっても所詮は人間だ。始まりがあれば全てお終いがある。

宇宙に於ける公理、哲理だ。「お終いがある」これこそが真の英知だ。

「人生は万人に対してお終いがある」

万人に対して平等であり格差は無い。そしてお終いがあるのが人生で唯一の希望であり夢ですぞ。

初代福岡藩主黒田長政の歌

この程は浮世の旅に迷ひ来て　今こそ帰れ　安楽の空

と詠んでいる。名君の誉れ高い長政は人生の真髄をお見通しの様だ。

五十余万石の大名長政は五〇年の人生を通して、人間世界を眺め観察して得た結論は、ある面では人生は「無いのが善」と理解して居たのではないのか。奇快人の小生はそう理解して居る。

人生とは何だ。誰もが自らの意志、願望でこの世に生まれしは一人もいない。そして人生は万人に対して有限だ。その命の箱は大きくて一〇〇年だ。短い箱、長い年月の箱、年月、時間の長短と仕合せ、幸福は関係ない。

人生を生まれながらにして表街道で出発して人生のお終いまで表街道を送る幸運な人は居るのだろうか。現状の人間社会、世界は「理不尽、不条理、矛盾」の山だ。世界中で若者達の大多数は希望の無い、どちらかといえば絶望の中で喘いでいる。

しかしだ。これも全て同じ人間が作った世界だ。人間が自ら人間の為に造った世界が多くの人間を苦しめている。

ここで初めて日本人で三人の巨人を紹介してみたいと考えた。渋沢栄一、安藤百福、平櫛田中の三人だ。

それぞれが俗世界から視れば、夢の様な人生を送った人生の達人だ。功なり名を遂げて、そしてその道の頂点に達した波乱万丈の人生も、その体力、頭脳、判断力、何よりも親から授かった徳分、即ち強運、そして器の大きさに由来している。如何なる困難な時にも絶えず幸福の美神が隣に居た。

その様な人生をこの三巨人は過ごした。本人の努力以上の何者かが全てに味方になった稀有の人生、その逆の人生も数多ある。生まれながらの難病で、この世に生まれしその日から、そして人生のお終いまで人生の裏街道のみの生涯もある。

不運、不幸なる範疇を超えて、悲劇としか言い様のない人生もある。人生について多くの哲学者、思想家などが主張した、人生は「無い」のが強運、なる考え方に賛同する奇快人だ。

世界に目を向ければ国際関係はいつもの様に緊張状態が極度に高まっている。中露の二大国と米国を中心とする西側先進国が戦争前夜の状態だ。この二大勢力の対立は深刻でその根は深い。

多くの国で軍事政権が誕生して、自らの国民を殺害して正義を主張している。自らの権力基盤を守る為の法律を作って反対する国民を弾圧している。

「人類、人間共の敵は人類、人間共」だ。世界中の人民、国民は同じ地球人であり仲間であり同朋だ。自国の国民を守るべき政府が自らの権力基盤を守る為に、国民を殺害して正義を主張することが公然と行われ、許容されているのが現状の人間世界だ。

〈ショーペンハウアーの主張〉

「我々は根本的にいって存在すべきでなかった何者かなのである だからその存在を止めるべきだ」

生物を創造した神々への痛烈な反論と考えている奇快人だ。

人間世界の未来を展望してみると、明るい平和で豊かな社会を作る事は一〇〇パーセント不可能だ。この解決には人類、人間共が人類、人間共を殺害して自らの悪行を清算すべき位置にいる事を、世界中、大国の政治家は自ら考える事が肝要だ。

如何なる権力者、独裁者も所詮、人間だ。

「お終いの無い始まりは無い」

時間は止まる事がない。一分、一〇分、一時間先も未来は誰も判らない。

そして運命なる事象から逃れる事は出来ない。どんなに願っても命の箱も動かす事は出来ないのだ。

プーチン大統領が憲法を改正して終身大統領になっても、明日の命の保障はない。習近平も党綱領を改正して終身国家主席への道を構築している様だ。全ては愚かな考え方だ。

今日なる一日が安泰かどうかさえ判らないのが人生だ。

如何に悪行の限りを尽くしても、精々三〇年か四〇年だ。頂点こそが地獄への最短距離だ。お終いは万人に共通で必ず訪れるものですぞ。

この世に生まれしは大災難だ。大欲をもって得し如何なる栄耀栄華も過ぎて仕舞えば全て夢だ。

超大国の米国、そして中露のトップ政治家バイデン、プーチン、習近平、そして軍事政権トップ、政治家達は、人生に対する考え方が根本的に間違っている事に気付かないのか。自らの利益、権益を守る事が国民を殺害し不幸にしているのに何も疑問を感じないのは如何なる人間か。歴史を視れば明快だ。世界一の権力を握ろうが、絶対的な独裁者になろうが、「お終いの無い始まりは無い」だ。

唯一度の人生ではないか。如何なる世界に於いても頂点に達して仕舞えばお終いだ。頂点は地獄への最短距離だ。政治家の多くは国民、そして人民にとって巨悪の頭領ですぞ。

頂点に登った事に感謝して国民、人民の平和、仕合せの為に働いて欲しいものだ。

政治家たるは宇宙規模での哲学をもって価値観を構成して貰いたいと考えている奇快人だ。二一世紀になった今なる現状の世界は大国同士、その他多くの国々で隣人を殺す為に強力な兵器を開発して競っている。人類、人間共が人類、人間共を滅ぼす構図が変わる事はない様だ。

人間共は瞬きする一秒なる人生の中で同じ地球人である隣人、そして仲間達を殺害して喜んでいる。この異端の生物を送り出した神々は反省しているのだろうか。頂点に達した悪党共は今日なる一日も未だ「竜宮城」の中にいる。

竜宮城の中に居る時間、年月は強欲俗世の世界だ。そして竜宮城での時間は瞬く間に通り過ぎて過去のものだ。

所詮、人生は一場の夢だ。人類、人間共も地球生物の中の一員だ。政治家達に気付きを促したいのは、政治家や地球人が何がしかの働きをして、この地球上に生存できている訳ではないことだ。地球生物は全てこの地球上に住まわせて貰って居る居候であり、間借人である事を認識して謙虚に暮らして欲しいものだ。

地球上で人類、人間共が最強の大悪人だ。人間共の利益しか考えない人間が人間を殺すのも正当化する化け物だ。そして人間が人間と戦って滅び行く運命だ。人類、人間共は「全ての事象の頂点」に達して最早、絶滅の道しか残されて居ない。

そして人類、人間共が殺し合っての人類なる生物の絶滅は、地球にとっても全ての地球生物にとっても最大の朗報だ。

（二〇二二年一月二七日）

人生の果てしない旅路

奇快人の小生も旅路の全てを終えて毎日が命日で
明日が来ないのが最良と考えている
同じく人類、人間共も今や毎日が命日なる状況下に在る
奇快人の考える事は、一足早く天国に赴きて全地球人が訪れる、
万端の準備のため
天国と閻魔大王の側に駆けつけて助手として手助けする事だ

竜宮城を卒業して間もなく三年になる。奇快人流の考え方では「死体で生きて居る」、従って毎日毎日が命日であると覚悟している一日だ。

人生とは何だ。「死生、生死」なる表現はなかなか良い。死生とは「死ぬ為に生まれて

来た人生」となる。生死とは「生まれて来た人生は死ぬ事だ」となる。

多くの賢者達は人生について「一場の夢」と歌って居る。人生旅路の全行程を終わっての心地とは如何なるものか。

人生は「始まりが無い」、これこそが心からの強運だ。「この浮世に生まれた事が真の不運」とシオランなる思想家は語っている。全くもって同感ですぞ。そう考えると「短命は幸運、長寿は不運」となる。奇快人流の思想の根本だ。故に老人の居ない社会は理想的な世界となる。

奇快人なる自分は何故今も生きて居るのか。人生についてお終いの後の世界は明快に描いて見せて来た奇快人だ。

「天国、冥途、黄泉の国」

人生のお終いの後の世界は「熟睡状態が永久に続く安楽の世界、天国」であると表現した奇快人ですぞ。

天国、冥途の世界は光の無い真暗闇の世界、そしてその温度は摂氏マイナス二七〇度と極寒の世界。これは宇宙そのものだ。「生者必滅」が宇宙の公理、哲理である。そして如何なる生物にも天命がある事が重要だ。

宇宙規模で考えると、

「森羅万象、社会万般は全て無で始まり、そして無で終わる」

この短い文章で凡ゆる事象の説明が出来る。真の英知だ。

死体で生きて居るのは真にもって大変であり苦痛だ。その日その日なる一日で人生をお終いにしたいものだ。

奇快人の小生も三年近く前の二〇一九年五月の初めに、前立腺肥大なる泌尿器の病気になった。小便が自然に出なくなる病気だ。

したがって膀胱にカテーテルなる管を入れて尿を袋に溜めて出している。月に一回はこの管カテーテルの交換が必要だ。毎月一回は病院に行く。

薬は一切、服用していない。しかしこのカテーテルがないと、実は一日たりとも生きて居られない。尿の排泄が出来なければ、体中に毒素が溜まって生存が出来ないのだ。依って「死体が生きて居る」事になる。

死体で生きて居るのは中々、そして大変に苦痛だ。病気が無くとも、長寿が災いして体全体の働きが極端に悪化している。老衰の体になってまで生きて居るのは、罪悪そのものだ。

今日なる一日で人生をお終いになるのが強運と考えている。老衰の体で生きる事は実は如何なる価値も存在感もないと知る事が肝要だ。

八五年弱の長き人生旅路を回想してみれば「竜宮城内での生活」こそが人生だ。

俗世、俗欲の世界で当たり前の事が当たり前に出来る。普段の普通の生活が真の仕合せ、幸福なのだ。この様に理解できるのは、竜宮城を卒業しないと、誰もが判らないものですぞ。

そして考えてみればこの病が無くても死体で生きて居るのは事実だ。何故ならば天命なる命の終点に着地しているからだ。お終いになって生きて居るのは「死体そのもの」だ。野生動物ならば身動きが出来なくなれば、元気な他の仲間の餌となって生涯がＥＮＤになっている筈だ。自然界の英知だ。

自らのお終いこそが仲間の生存に貢献して巡回している。人間だけが自然界のサイクルから遠く離れている。実は不自然で不幸という事だ。天と神々は「生者必滅」なる固い掟を天命という形で与えた。愚かな人間共は天命に逆らって、人為に依って操作をして自ら不幸世界を作って進歩したと自慢している。

人間が文明社会を作って便利で豊かな社会と考えている世界は、退化そのもので絶滅への道を切り拓いたのみだ。人生について、人間の生死について今の思想は根本からその価値観を全面的に改める必要がある。

極論するならば、病院や最先端の医療技術、医薬品などは無いのが善だと考えている奇怪人だ。病院や医薬品、そして医療技術が仮に無くなれば、愚かな人間共も他の地球生物と同じ様に大自然の法則、天命に依って自然の中で、その生涯を送る事が出来るのではないか。

前に進む事のみを考えて二一世紀の近代文明を構築した人類、人間共は、仕合せ、幸福感をどれ程の人々が享受しているのか良く考えてみる事ですぞ。

前に進む事しか知らない人間共は、後退する事の重要さも、その勇気も必要だ。人類、人間共だけに与えられた能力、知力の使い方も、思い切って方向転換する時期を迎えている。

人類、人間共も地球生物の一員に過ぎない。哺乳動物五〇〇〇万〜六〇〇〇万年の歴史の中で最後のドンジリで誕生したのが人類、人間共だ。仮にも生物を創造した神々があるならば、なぜ如何なる理由をもって生物界の奇形児を送り出したのか。人類、人間共は動物としての能力は零だ。

厳しい地球環境、そして強力な野生動物の中で生存できないのは明白だ。体毛は無く、そして皮膚は紙の如く薄くて、大自然の中では生きて行く事は出来ない。生物の中で生存できない人類、人間共に同情して神々は人間共に能力、知力を与えた。

神々が最弱の動物なる人類、人間共に対して生きる手段として知恵を与えた事は、正解であったのかどうか。地上に送り出した人類、人間共は神々の期待を裏切って、地球そのものを破壊した。然もだ、全ての地球生物の敵となって、悪行を際限なく実行し続けるのは予想して居なかった様だ。

「我々は根本的にいって存在すべきではなかった何者かなのであり、だからこそその存在する事を止めるべきだ」〈ショーペンハウアー〉

まるで神々の失敗を弁明している様にも聞こえる。

奇怏人の小生は考える。神々は最初から誤りを犯した訳ではない。何故ならば二〇万年の九九パーセントの年月は人類、人間共も、大自然の公理、哲理、法則に則って恭順に天地に対して敬虔さを持って生活して来たのも事実だ。

大自然の豊かな恵み、そして多くの生き物達と「共」なる一字の精神をもって仲良く暮らして来た。人類、人間共が王道、正道を踏み外したのは、第一次産業革命以降の二八〇年弱だ。

この二八〇年弱の時間こそが人類、人間共の強欲が目覚めて「共」の字を捨て去り、人類、人間共だけの便利さを追求し邁進した。重労働からの解放は豊かさ、便利さ、そして快適さをもたらした。

一度でも取得した便益の味は、手放す事が出来なくなった。もう一段上の便利さ、豊かさを求めて際限のない領域に走って仕舞って現在に至っている。

二一世紀の現状は近代文明社会も頂点に達して崩壊寸前に着いている。二一世紀の人類、人間共の今はどの様な姿をしているのか。進歩、進歩というが、進歩とはその同量の後退のエネルギーも有して居る事を認識する必要もある。便利さ、豊かさ、快適さ等にどっぷり浸かって、その美酒の世界から脱出できない状況だ。

急速な近代化は人類、人間共が自ら絶滅への道を拓いたのみだ。残念ながら浅知恵、愚か者の人間達は、その様に考えている者は零だ。人間共は「全ての事象の頂点」に達して、一〇〇パーセント確実に地球上からの退場が決まったのだ。

人類、人間共は何時から、なぜ王道、正道を見失って自らの利益を追求する愚かな行動に邁進したのか、その原因はいくつかある。

一つは人口の急増、地球環境が許容できる範疇を超えている。

もう一つは、「金権、拝金」が、人生の始まりからお終いまで支配する社会を作った。

そして現状は、世界一の大国米国を始めとして中国、ロシア、インド、その他、大企業、中小企業、更に世界中の人民が、全てお金、マネーなる物質に支配される世界を作ったのだ。現状の人類、人間共は自らが創造し作った、通貨なる貨幣の奴隷になり支配されている姿そのものだ。自らの手助けとして作ったロボットが、主人を奴隷にして扱い使っている世界と同じだ。

人類、人間共の、この三〇〇〇年弱の歴史は、強欲が前面に出て人類、人間共が地球上の全てを支配する絶対的な存在であると傲慢に考えて、積み重ねた罪は実は、万死に値する大犯罪だったのだ。

人類、人間共は愚か者であるが故に、地球上の絶対的な力を有する権力者と勘違いして、この三〇〇〇年弱の年月を前へ前へと突進した。地球上の全生物を殺すのも自由で、人間共の力であり正義と考えて行動して来た。

全ての生物に対して殺す権利を持って居ると考えた人間は、危害を加える生物を害獣として殺してしまう。これが人間共の正体だ。

何故、人間共は自分の力でこの地球上に生存して居ると考える様になったのか。地球環境を破壊し尽して、生物の住める場所を無くして、自らの生活も危うくして来た。一〇〇〇万種もの生物が暮らして来た地球で、二一世紀の今はどれ程の種が生存して居るのか。正確には人間共も現状を把握していない。半分もないのではないのか。

宇宙の中の天の川銀河、その中の太陽系中の地球、その中で人類が生存出来て来たのは、全ての生物に与えられた生活の場所、大森林や大草原を含めて地球なる惑星が数十億年の年月を掛けて創った作品のお陰だ。人間共は誕生から今日まで小石一個も作れていないのだ。

二一世紀の人類、人間共の堕落の原因の筆頭は人間社会、即ち人間界が国、企業、個人など、地球人全員が「始まりからお終い」まで、お金、マネーに支配される世界を作った事だ。大国も小国も世界一の大企業から中小企業、個人までの全てがお金、マネーに支配されて仕舞っている。

お金、マネーの強力な魔力の虜になって自ら考える事をしなくなった。頭の中が金毒中毒に汚染されて回復困難になっている。人間共の争い事の多くがお金、マネーが関与している。国家の戦争、内戦、内乱、そして犯罪もお金、マネーが主因だ。人間共のみの醜い特異な光景ですぞ。

人間の世界では多くの名言が残されている。その一つに「馬鹿と煙は天まで昇る」なる名言もある。四六億歳の地球なる惑星の中で生物として新参者の人類、人間共は小石一つも作れない存在で在りながら、地球上の全ての支配者と考え、間違えたのか。お金、マネーなる物質の魔力の虜になったのか。

底なしの金銭欲が健全な頭脳の働きを壊し、人間としての尊厳をも捨てた。金毒は世界中の老若男女を奴隷にし引き返す事が出来なくなった。強欲は人間共の知性をも汚染して再生が不可能になった。これこそが人間の世界だ。

そして自ら首を絞めて自滅の道を歩んでいても、その事実に気付かない。欲が目を閉じさせたのだ。金毒汚染中毒は世界中の隅々まで浸透して、人間共は生きる根本、原理を忘れた。お金、マネーが人生の仕合せ、幸福をもたらす宝であると考える真の愚か者になった。

通貨なるお金、マネーは単なる物質でしかない。物質やサービスは何でも手に入れる事は出来る。人間共の欲望の多くは入手できる。竜宮城内にいる間の人生では大きな力であり魅力は大きい。

しかしだ、俗世、俗欲の世界を卒業すればお金、マネーの力は限りなく零になって行く。病気やその痛み、苦痛、老衰の体の回復などに役立つのは全くもって期待できない。

仮にお金、マネーに魔力があって、病気、その苦痛、老衰の体を治してくれるならば奇快人の小生も、お金、マネーに敬意を表するだろう。

一番の肝心要で何の役にも立たないお金、マネーは、その額が如何に巨額、巨万であってもゴミと同じだ。

だから人生は中々うまく出来ているのだ。改めて人間とは人生とは、そして大きくは人類とは、を考えてみる必要がある。

二一世紀の人間世界で万人が最も欲しがるのがお金、マネーだ。言葉で記せば紙の印刷物と金属の塊に過ぎない。一粒の米にも一杯の水にもならない。人間以外の動物なら見向きもしない代物だ。

「生者必滅」は宇宙の公理であり哲理だ。

「お終いの無い始まりは無い」

反対に記せば、

「始まりがあればお終いがある」

「全ては無から始まり、そして全ては無で終わる」

人生のお終いの終点に着いて、つくづく毎日、考えているのは「人生」は無いのが強運だ。この浮世に生まれしこそが災難だ。

道楽三昧の人生を八一年と半分位は過ごした竜宮城を卒業して仕舞った奇快人は毎日、その日その日が命日と考えて明日が来ないのも強運と考えて一日を暮らしている。

当たり前の事が当たり前に出来なくなって、普通の普段の生活が出来なくなってまで生きて居るのは、罪悪で犯罪の様なものだと考えている。

「死体で生きて居る」

人間界で天下人も世界一の権力者、王侯貴族、そして独裁者も竜宮城の中にいる間は、そのパワーを保持する事が出来る。その可能性が大だ。それでも未来の事は一分、一〇分、一時間、今日なる一日が無事かどうかは、如何なる人間も実は判らないのだ。

故に考え方に依っては、浮世は案外と旨く出来ているのでないのか。天下人になっても、又いかなる頂上に立っても明日、一週間後……一年後……はと、その位置が存在するかどうかは誰にも判らない。

人類、人間共は「この地球上に生存が許されざる存在」に自ら成り下がった生物種だ。

生物を創った神々が、この奇形なる生き物を地上に送り出したのは間違いであったのか。

人類、人間共は神々の期待に応えて、その短い歴史の九九パーセントは、生物として動物として自ら万物の霊長として自負して来た、年月を過ごして来たのも事実だ。諸悪の根元は一八世紀の第一次産業革命が発端ですぞ。

重労働からの解放を機に一気に文明の近代化を進めて、この一〇〇年で全ての頂点に達した人類、人間共はここで大きく道を踏み違えて邪道、悪の世界に迷い込んだ。

欲呆けの人類、人間共は生物として、また動物としての全ての尊厳、誇りを捨て去って金権、拝金社会を作った。人間共の間での紛争や戦争などを招いて、自ら不幸社会を広げて来た。

お金、マネーが人生を左右する最大の要因になっても、その矛盾にも気付かない。真の愚か者だ。お金、マネーなる物質を道連れに心中する事になった。

二一世紀の現状の人類、人間共はこの一〇〇年弱の短時間で犯した数多の犯罪に依って「この地球なる大地の上で生存が許されざる存在になった」。

そしてその発端は第一次産業革命であった。最弱の動物として生きる為には、どうしても重労働からの解放は必要であったに違いない。必然的に動力、蒸気機関なるエンジン、そして電磁気による電動モーターの開発を契機として近代文明社会が完成した。

地球生物、動物はたくさん存在するが、人類、人間共にしか出来ない事が一つだけある。最弱生物である奇形児の人間共は「過去を考え、そして未来を考え、夢を見る」生き物である。この様に「過去や未来を考えなければ」産業革命もなく、そして人口の急増もなく、近代文明社会も作れない。

人類、人間共は最弱なる生き物である為に必然的に自ら絶滅する運命になったのではないかと考えている奇怏人だ。

地球は四六億年の年月を掛けて多くの多様な動植物などが住める豊饒な大地を提供してくれた。人類、人間共はこの一〇〇年弱で人類、人間共の利便のみを最優先して近代文明社会を創った。化石資源の大量消費は急激な温暖化現象を招いて、なんと今なる現状は全ての地球生物の存亡が危機にさらされているのだ。

「馬鹿と煙は天まで上がる」

所詮、人間は強欲のくびきに束縛されて人類、人間共だけが生存できると考えている輩も多い。その全ての根元は人類、人間共が生物の中で最弱の生き物である事に端を発しているのだ。

最弱な生き物である人間共が生きるには、他の生物と異次元の世界を作るしか存在の道が無かったのも事実だろう。

ここから人類、人間共は頭の使い方を大きく間違えた。人類、人間共は既に原子力に関する理論や技術を開発して居たのだ。化石資源の大量消費が地球温暖化を招く事を認識していた筈だ。

程ほど、腹八分目の良き教訓を忘れて、①利益最優先、②効率優先、③自己利益優先の強欲街道を突進して遂に自ら破滅の扉を開けてしまった人類、人間共は、この期に及んでもお金、マネーが人生を豊かにしてくれると考えている愚か者だ。

そして世界中で温暖化対策に乗り出した。残念ながら、もう手遅れで「お終いの終点」に着いてしまっている。

奇快人も人生の全てを通過して毎日が命日だ。明日が来ないのも希望かも知れない。人生は一場の夢だ。一〇〇年～一〇〇〇年……何百万年も通過すれば全て零だ。シャボン玉の泡だ。

人類、人間共なる奇形生物は、地質年代五億四〇〇〇万年の歴史の中で、奇形児らしく奇形児のままで毎日が命日であるにも拘らず、欲得の世界を二一世紀の今日も彷徨っている。

（二〇二二年）

世界の新たな視え方

竜宮城を卒業して初めて視えてくる世界は
これまでと異なる次元の世界だ
毎日が命日で明日が来ないのも強運と考えている。
今日の一日で充分な時間だ。
今日が命日と考える心地で現状の社会を深耕して一刀両断してみた

人生とは、死体となって生きて居る奇快人の考え方では、二つに分割して考えると、かなり明快なる説明が出来る。前編と後編に分けて奇快人流の人生論を展開してみる事にした。

前編は竜宮城内での年月、そして時間こそが本流の人生となる。後編は竜宮城を卒業してからお終いまでの時間、その年月は「死体で生きて居る仮想人生」だ。

人生は「一場の夢だ。そしてシャボン玉の泡の様なものだ」。時間は宇宙が存在する限り止まる事はない。人生で万人に対して平等、公正、格差のないのは時間のみだ。時間こそが社会万般の事象を表現している。

死体となって生きて居る奇快人の心地は、人生は「お終いの無いのが唯一の強運だ」。言葉を変えれば、この浮世に生まれしこそが大災難となる。お判りかな。

浮世に生まれしは運命であって宿命で何人も逃れる事は出来ない。そして人生は釈迦のいう処の「人生は苦の世界、苦界」となる。

「始まりがあったからにはお終いまで」生きるしか道はない。シャボン玉の泡の様な儚い人生でも、唯一度のチャンスを与えられたものと考え、愉快に痛快に悔いない人生を送った人々が勝者になる。

人生はその年月の時間、長短と仕合せ、幸福は関係ない。中身と各人の思想、価値観、考え方ですぞ。

同じ様な生活環境でも仕合せ、幸福感に満ちた人生もあり、又その反対の人生もある。

自らの人生は自らの頭で考える知力の鍛錬こそが重要だ。心から知力の鍛錬をすれば、我なる自身の世界観を築く事が出来てくる。その様なレベルに達するならば、周りの沢山のしきたりや習慣、その他の慣習、常識なる枠を超える事が出来る。

周りの事象、平たく言えば世間体の全てを視界に入れない習慣を身に付ければ、これこそが鬼に金棒だ。竜宮城内での生活こそが人生そのものだ。

竜宮城での生活とは如何なるものか。俗世、俗欲、損得、お金、マネーなどの縛りがある世界だ。

この世界の住人たる内は俗世界の苦労がある。この俗世界の苦労こそが俗人共のエネルギーとなって、生きて行く上での大きな力になっているのだ。明日があって一ヵ月後、半年後、一年後、はたまた五年、一〇年後があって当然と考え、そして思って居る。考え方に依っては苦労が出来る内が人生の華ですぞ。

日本では古くから「苦労は買ってでもせよ」という名言がある。人生で竜宮城内での苦労、悪戦苦闘は後から考えれば全て美しい。至福の時間であった事が判るものだ。

苦楽は表裏の関係ですぞ。即ちお隣さんだ。従って苦労なくして人生の仕合せ、幸福を掴む事は出来ない。竜宮城内に居る間は、我が身のお終いの死を考えている人間は一人も居ないのだ。竜宮城内に居る間は動物として人間として普段の普通の生活が出来る。人生で唯一つの仕合せ、幸福はその様なものと深く理解せよ。

当たり前の事が当たり前に出来る。竜宮城を卒業して「死体で生きて居る」奇快人にとって、これ程素晴らしいことはない。簡単に言えば自然に普通に歩く事が出来る。朝の起床も何も考えなくても、ごく自然に出来る。何時でも何処へでも自由に行動できる。何でも食べる事が出来る。

声が自然に出る。呼吸が自然に出来て当たり前で、意識する事はない。全てにおいて当たり前で、日常の生活が出来るのが真の仕合せ、幸福なるものと知る事が肝要ですぞ。

そして竜宮城での生活は必ず卒業しなくてはならない。人生の至福の時間を意識する事なく卒業して、初めて気付くのが俗人たる所以だ。仮に強運な人は、竜宮城内で人生をENDにする幸運もある。

人生はこの浮世に生まれしが災難ならば「短命は幸運、そして長寿は不運」と主張してきた奇快人。二一世紀の俗世は人生が「始まりからお終いまで」、お金、マネーに支配される社会になって仕舞って、生涯に亘ってお金、マネーの奴隷になって悪戦苦闘の人生だ。

二一世紀の近代文明社会は頂点で「人生が全て事象の着地点が金権、拝金」に繋がっている。お金、マネーが人生の仕合せ、幸福の鍵を握っていると考えている。

その様は俗世である。お金、マネーなる物質が世界中の国々、そして世界一の大企業から中小零細企業、そして地球人類全員が支配される世界を作った。

奇形種族人類、人間共に相応しい俗世界だ。人間共が作った俗世、俗欲の世界は必然的に巨大な格差社会を作って、大半の国々の人民は苦労を強いられている。

金権、拝金主義が全盛の世界では地球人全員が金毒に汚染されて算盤人間化した。真の人生を自らの頭で考えなくなって自力で生きる事も出来ない。不平、不満のみが増幅されて爆発寸前の状況にある。

富の格差は強烈で、世界の総人口の六割に当たる四六億人の資産と、大富豪二一〇〇人位の資産が同じという試算もあるのだ。人生の心の仕合せ、幸福と、お金、マネーとは一緒にしない方が良い。さすれば大富豪達は、仕合せ、幸福とは意外と無縁な場合も多いのだ。

人類、人間共の大半は生きる為に、生活の為に働いている。お金、マネーを取得する為に少しでも多くの収入を得る事を望んで、努力し苦労、苦戦している様だ。

そして人類、人間共の世界は、世界中で格差も頂点に達している。どの国でも若者達が明日への、そして数年後、数十年後の未来に何の希望もない夢も見ない世界で彷徨っている。何故だ。同じ人間が作った世界で大半の人々が最底辺で苦しんでいる。その世界を作ったのは同じ人間共だ。

収入の少ない人々から考えれば、高所得は夢であり大きな願望だ。現状から数倍、或いは数十倍の収入があれば、仕合せ、幸福になれると考えるのは自然だ。竜宮城内に住んで居る間であるからこそ生じる諸々の事象、即ち苦労も出来て悩む事も出来る。

その間も、考え方では仕合せの時間と思えば、納得できるのではないか。普段の普通なる生活が出来ているからこその苦労で貴重な財産と考えれば、人生も豊かになる。

仮にもお金、マネーがザクザク入って大金持ちになったとしたならば、心から仕合せ、幸福は得られるのだろうか。大金を得る為には、かなり困難な難関が幾つもある。努力、挑戦、実践、体力、知力、そして鍛錬、なによりも自分に備わっている徳分があるかどうか。即ち、強運だ。

もう一つの大事なものは器の大きさだ。生まれし、その時から親から授かり、そして先祖からの贈り物に恵まれているか。この様に運命なる仕業に依って、本人の努力を超越して人生はある。

貧しい時代は、大金は夢かも知れない。大金を得て心からの仕合せが取得できるならばお金、マネーは確かに魔力を持っている。無い物ねだりを得し後は、どの様な世界があるのか。思わぬどんでん返しの世界もあるだろう。

人生は「理不尽、不条理、矛盾」の世界だ。一方で意外と合理的にも出来ている。大金持ち、大富豪になった為に早死にした人生、大金持ちになった為に暗殺された人、お金持ちが災いして家族の崩壊、家族が争族になって殺人事件も発生している。大金持ち、大富豪が仕合せ、幸福の世界とは異次元の世界であるとは貧乏人は考えないものだ。

所詮、人間は愚かなものだ。大金持ちは大富豪も又、下流人間と同類の俗世、俗欲世界の住人に変わりはない。お金、マネーなる物質は不思議な物質だ。金持ち、大富豪も際限なく幾らでもお金、マネーを欲しがるものだ。名声、名誉があって社会的地位が高い人物も多くの俗人は収賄で逮捕され、自ら世間に恥をさらしている。貧乏人と変わりはないのだ。

竜宮城内の生活ではお金、マネーは、かなりの大きな力を有して居るのは事実だ。竜宮城を卒業して、その外に出て仕舞えば意外にもお金、マネーの力は殆ど零になって仕舞うものですぞ。お金持ち、大富豪になっても欲得の世界からの脱出は困難だ。

お金、マネーは奇妙な魔力に依って、実は不幸、不運の世界への道案内もしてくれる地獄の使者かも知れない。お金、マネーに執着する間が人生の華かも知れない。

釈迦は「人生は苦の世界、苦界」と表現した。短い四文字で「生老病死」と言って来た。お終いの死は除外した方が良い。

お終いの死は万人に与えられた人生で唯一度の希望であり、夢であると奇快人の小生は考えている。人生のお終いは万人にあって、そして万人が平等、対等、公平、そして格差の無い唯一の世界だからだ。

奇快人は言いたい。竜宮城の住人でいる間に知力を充実させ鍛錬して、人生の始まりからお終いまでお金、マネーに支配されている世界からの脱出を図れ。

お金、マネーの束縛からの解放こそが、自らの人生を豊かに痛快にしてくれる唯一の方法だ。お金、マネーの力などに人生が左右されて良い訳は何処にもないのだ。俗世、俗人なる奇形種の人類、人間だけの特異な世界だ。

自らの頭を使え、そして人類なる奇形種からの脱却を敢行して、自らの世界観をもって人生に自信を持って生きてみよ。奇快人の遺言ですぞ。

大金持ち、大富豪など超富裕層は本当に仕合せ、幸福かどうかは判らないし、その様な世論調査もない。お金、マネーについて書いて来たので、もう少しばかり奇快人流の論理を展開してみる事にした。

読売新聞二〇二二年一月四日付朝刊で「岐路の資本主義なる」特集記事を掲載した。

中々よく出来た特集だった。その中で世界の超富裕層二一五三人と世界総人口の六割にあたる四六億人の資産が同じであると記している。二一五三人と四六億人がイコール、平等とは四六億÷二一五三で二一〇〇万倍となる計算ですぞ。

あくまで近似値で概算だが、世界の二一五三人の超大富豪は、四六億人の平均の二一〇〇万倍の資産を有して居る計算だ。

奇快人流の考えでは、物理学でいう処のポテンシャルエネルギーが最大値になっている状態だ。位置のエネルギーは高い程、不安定で安定点を求めて最も低い位置を目指して移動する事になる。

宇宙も社会万般も、その様な哲理で回転している。表現を変えて表すと、一般庶民の二一〇〇万倍の転落の可能性を秘めていると考える事が出来る。これこそが、奇快人の発想だ。

前に記したが、大金持ち、大富豪もその始まりは全員が、貧乏人が出発点ですぞ。貧乏人の原点はそのエネルギーだ。そして持って生まれた徳分の持ち主だ。その最たるは強運を生まれながらに、保有しているのが大きな力の原点だ。

勝負の世界では運気も能力と言われる。そして大金持ち、大富豪になる人物は器も並外れて大きい。何よりも個人の有する能力、知力、努力、その他がプラスに作用して達した世界であるのは間違いない。

然らば万々歳になる筈だが、中々そうは問屋がおろさないのだ。大金持ち、大富豪になった人達は何を考えているのか。その様な機会は有り得ないが、面談して取材したい思いだ。

地球上での最高点はヒマラヤ山脈のエベレスト山で約八八四八メートル、海では最深で約一一〇〇〇メートルだ。二一五〇人なる大富裕層の資産は、庶民の約二二〇〇万倍と天文学的ですぞ。

程ほど「腹八分目」、節度を越えて頂点は一点のみだ。そして針の先端と同じだ。不安定極まりない。まして頂点の平坦はないのだ。

頂点に登ってしまった大富豪達の運命なるや、吉か凶か。人生は「吉凶同域」だ。苦楽と同じで表と裏だ。即ちお隣さんだ。お金、マネーは竜宮城内での生活では、俗人達の俗欲を充分に満足させてくれる可能性は大だ。使っても使っても減らないのが大金持ちだ。

大金持ちはそのお金の魔力とも戦わなければならない。巨大なお金の魔力を世の為、そして多くの弱者の為に使う賢者は少ない。

辿り着いた二二〇〇万倍の頂点に立っても明日の事も、今日なる一日の安泰も保証はない。これが人生だ。そしてお金、マネーは竜宮城を卒業すれば、その魔力は半減してしまう。半減どころか零に等しくなって仕舞うものですぞ。

大金持ち、大富豪達は、二二〇〇万倍の難関を突破して達した頂点だ。庶民の二二〇〇万倍の下方圧力が働いて庶民や貧乏人には判じがたい世界だろうか。一方で底辺の住民である大多数の人民はお金、マネーこそが人生を豊かに快適にしてくれると信じている。これも愚かな幻想だ。

大金持ち、大富豪になって心からの仕合せ、幸福感にひたっているのは何パーセント位あるのか。是非とも知りたいものだ。

人生は「一場の夢だ。シャボン玉の泡」の様な儚いものだ。死ぬ為に生まれて来た人生だ。そして「生者必滅」は宇宙の公理だ。時間は止まる事はない。過ぎて仕舞えば一〇〇年、一〇〇〇年、一万年……全て零となる。考え方では人生は一秒に満たないものと考えろ。人生は「理不尽、不条理、矛盾」の世界だ。

現状の社会、世界では経済格差が大問題になっている。人生が「始まりから、そのお終い」まで、お金、マネーに支配される世界を作ったのは人類、人間共だ。どの国でも国民の大多数は低所得に喘いでいる。

所得の向上は見込みが薄くて将来に希望が持てない。住宅の取得は不可能に近い。そして若者達は結婚も出来ない。人生に希望や夢の無い若者達は犯罪や自殺へと追い込まれていくのが現状だ。

奇快人の小生は考え、そして思う。極論すればお金、マネーが無くても暮らせる環境を自ら構築すれば不可能ではない。但し、かなりの覚悟と強い信念が必要だ。それでも世界中にはその様な人物が必ず存在すると考えている。

ほぼ一〇〇パーセント自給自足の生活をする事だ。僅かな大地と農機具、自らの労働、必要なだけの食糧や水など、そして今は二一世紀だ。少しばかりの資金を用意して太陽光発電システムを作り、そして水はモーターで作動させる。最小限の文明の利器を利用すれば生きる事は充分できる。

一〇〇~二〇〇年前は電気も水道もガスも電話も自動車、列車も無かったのだ。人生は大金持ち、大富豪になっても仕合せ、幸福とは決して一対にならないものだ。貧乏人も乞食もお金、マネーを除いて考えれば、その他の多くは公平に出来ているのだ。

時間は万人に対して平等だ。「生者必滅」も万物、万般に対して平等であり、差別はない。お金持ち、大富豪だから病気にならない、自然災害、人災に遭わない。その様な事象は一切ない。即ち、お金、マネーだけが財産ではない。

考え方に依って淋しいものだ。人生のお終いは竜宮城を卒業してからだ。竜宮城を出て仕舞えば、実はお金、マネーの力は基本的に零になっている。

お金、マネーは竜宮城内に居る間は凡ゆる物品サービスを取得して享受が出来る。竜宮城を出ると、大問題は「死体で生きて居る生活」になることだ。死体が生きて居る生活とは何だ。即ち毎日が命日と考えて、明日が来ないものと考えて生きて居る毎日ですぞ。毎日が命日と考えておれば明日はないのだ。

死体で生きて居るとは苦労も出来ない。不平不満を言って遊んでも居られない。お金、マネー、そして物欲などの全てが無用の長物になる。その世界は異次元の世界だ。お金、マネーに限らず、明日以降の未来を考えたり、或いは希望や夢のある間が、人生だ。

その様な世界を奇快人は竜宮城と表現して来た。竜宮城内での苦労が出来るのも不平不満を並べて居られるのも、終わって仕舞えば全て人生の夢の時間だ。

「死体で生きて居る」とは如何なる事かを次項で、人生の後篇、死体で生きて居る毎日について奇快人流の論理で締め括りたいと考えている。

（二〇二二年三月一〇日）

三途の川の渡り方

人生のお終いは万人が天国だ
浮世、現世と天国の接点「三途の川」
ここがなかなか難関で強固な関所ですぞ

人生のお終いは「死」である。天国に入って仕舞えば世界中、誰もが天国で安らかにお眠り下さい、或いは天国で見守ってくれて居ると表現し、そしてまたそう思っている。天国の本住人になる直前の難関が「三途の川」なる強固な関所ですぞ。

古人は、この浮世に未練たっぷりで死にたくないと考え悩んでのお終いは、三途の川を渡るのが大変で困難を伴うと教えている。多くの俗人共は「死」にたくないと未練が一杯で渋々と赴く。死に様としては最悪だ。

「人生は死ぬ為に生まれて来た」

生まれしが真の不運とシオランが語っている。

奇快人流に表現すれば、この浮世に生を得るは大災難となる。それ故に「短命は幸運、長寿は不運」と主張して来た。

天国の本住人になって仕舞えば、万人が平等で対等で公平な世界だ。そして永遠に格差のない楽園だ。

今日は二〇二二年四月一〇日だ。そして快晴だ。

四月の中旬で全国各地の気温は、二七、八度と七月並みの気温になると報道されている。午前一〇時で既に暑さを感じる陽気だ。奇快人の小生も天命を超えて死体で生きている一人だ。

毎日が命日と考えて、楽しく生きるように努めている日々だ。天国は、永遠に「四海波静」な安楽の世界だ。無限の平和と争い事のない平穏な世界。浮世、現世では望むべくの無い世界だ。仏教では極楽浄土と称している。

しかしだ、天国の本住人になる為には、これまた天国と地獄の落差があるのは間違いない。強運のお終いとは、実は「三途の川」が消えて無くなって直行する人生もあるのだ。

この様な人物は人生のお終いを喜んで受け入れる。浮世に対する未練が全くない人生を真剣に生き抜いた人々だろう。

天国に如何なる苦痛もなく直行できる死に様はどの様なものなのか。石原慎太郎氏が二〇二二年二月に亡くなった。

文藝春秋が四月に『石原慎太郎と日本の青春』なる文春ムックを出版した。

昭和七年生まれの戦中派の中で文壇と政治の世界で活躍したその生涯を、家族そして弟裕次郎との兄弟愛等々、その生涯を詳細に回想しての力作だ。

家族そして弟裕次郎との回想は、人間の素晴らしさを見事に描写しており、その愛情の深さに頭が下がる思いだ。

奇怏人の考えでは、つい最近まで石原慎太郎、裕次郎兄弟は若くして、それぞれの世界で最上流で、然も表街道のみを何時も世間で注目されてスタートし、悠々と暮らして来た、持って生まれた強運と徳分で何時も仕合せ、幸運の絶頂で過ごして来たのではないのか、外からの眺めでは誰もがその様に感じていたのは間違いない。

内情は本人や身内その他、側近の人間にしか判らないものだ。人生で一番の大事は生涯の「お終いのおしまい」、天国への到着までの道程だ。

裕次郎は昭和を代表する大スターだ。戦後を象徴する大スターでは、美空ひばりが居る。偶然かどうか知らないが、この二大スターは共に五二歳で亡くなっている。

天国への道程で裕次郎を看取った兄慎太郎氏の手記は、そのお終いの悲惨さ、苦しさ、苦闘の三ヵ月を鮮明に描写しており、心から真に迫る辛さを感じた次第だ。

当の裕次郎がどんな激痛の中で、三ヵ月近い長い長い闘病を味わって天国に着いたか。兄慎太郎氏は、弟裕次郎が息を引き取って死んだとき、良かったなと一言発した。その様に記されていた。

その様な苦しみは言葉や文章では語る事は出来ない、本人しか判らない。

石原兄弟は超有名人だ。一流の日本を代表する大病院で、日本を代表する高名な医師達がその治療に全力を注いだ筈だ。その様な治療でも裕次郎の苦痛すら排除できない。

それが医療の最前線の姿だ。膵臓癌や肝臓癌の末期症状は全員が似たり寄ったりで、多くの人達が裕次郎と同じ様な死に方をしている。天国に着くまでの時間は天国と地獄の落差がある。

人生でお終いの死に様が一番の肝心の要だ。浮世と天国の接点「三途の川」が無くなっている様な幸運の死に様もある。

石原慎太郎氏を尊敬していた作家西村賢太氏は、石原慎太郎氏が亡くなって追憶の文章を依頼されて、その原稿を書き上げて一日後位に五四歳で急逝した。タクシーの中で気分が悪くなり病院に直行して亡くなったと報道されている。

西村賢太氏は天国への安楽無痛列車に乗った事になる。即ち、お終いが強運に恵まれていた。

天国の住民になる道のお終いを如何なる苦痛も無く、そして短時間で天国に入った人の生涯のお終いは、心から仕合せ、幸運、強運の持ち主だ。死に様は即死が理想だ。

ここで奇快人の小生は理想的な死に様について考えてみた。

二〇二二年四月一三日だ。四月一一日、一二日は東北地方の宮城、岩手県の各都市で三一度の高温を記録して、七月並みの陽気になったと気象庁は発表した。

毎年、高齢者で熱中症によって死亡する人々がいる。この熱中症での死亡は安楽死に該当して死に様としては優等生になる。

考え方では選ばれしエリートの死に様だ。気を失って倒れて暫くの時間で天国へ行く。体を傷つける事もなく、苦しむ事もなく、天国に着くのは理想ですぞ。

もう一つの死に様は凍死なる死に方もある。体を傷つける事もなく眠ったまま安楽に天国に着く。人生は「死ぬ為に生まれて来た人生」だ。

天国の住人になって仕舞えば万人が安楽の世界だ。吉凶同域、苦楽は線分の両端だ。曲げてくっ付ければ一体となる。

我が国、日本では上流も下流も人生のお終いを病院に預けている。病院や医師、医薬品に頼っているのは戴けない。自ら命の尊厳を守って欲しいものだ。大病院、日本を代表する医師団、最先端の医療技術等々、如何なる処置を施しても「始まりがあったら必ずお終い」はあるのだ。

毎日の新聞には有名人の訃報が記されている。大半は八〇歳以上が多数だ。即ち生物として又、動物としては天命なる命の上限を超えているのだ。奇快人流に表現すれば「死体で生きている」のと同じだ。自然界ならばとっくにお終いになっている人生だ。人間だから生きている。

何故だ。病院や医薬品、そして医師、医療機器などによる。

人間以外の全ての生物、動物は他力を得る事はない。天命が来れば、自然に天命を終わる様に出来ている。天命を操作して天命を見掛け上、延長しても如何なる意義も価値はない。

天命に逆らって延長した時間は病気で苦しむ。プラス材料はない。天命を超えての人生は無いのが最上だ。天命を過ぎての人生、時間で病気などの全快を考える事も又、もともと無理がある。

何故ならばもう既に「死体で生きている」からだ。どんな大病院、日本一の医師団、最先端の医療技術、医薬品も人生のお終いの苦しみ、苦痛、激痛さえも排除できない。病院で安楽にお終いを迎えさせて貰えない事もよく承知して、自らのお終いは自ら判断すべきだ。

天国に行くにも、天国に入るまでは「天国と地獄」の落差があるのだ。

万人が「安楽無痛列車」で天国の住人になって呉れるのを願っている奇快人だ。

（二〇二二年四月一三日）

老後とは

竜宮城を卒業した後のお終いまでの時間が人生の後編だ。
僅か七、八十年前は人生五、六十年だ。
即ち今でいう老後は存在しなかった時代
長寿こそが不幸社会をつくっている

人間の生涯は生まれし日が始まりで、そのお終いが「死、命日」で完了する。奇快人の小生もこの浮世に生を得て八五年近くも生存して来た。竜宮城を卒業して今は浦島太郎の心境だ。そしてつくづく考えているのは「人間だけには生まれたくなかった」が真情だ。

普段の普通の生活が出来なくなった時点で実は人生はお終いになって居る。この様に考えている奇快人だ。即ち竜宮城内にいる内に生涯を終えるのが仕合せ、そして強運となる。

竜宮城内でのＥＮＤとは世間一般には「早死にで可哀想ですね」となる。奇快人と称してきた小生の考えは「この世に生まれしこそが大災難」だ。依って「短命は幸運、長寿は不運」となると何時も述べて来た。

八一年と少々の長い年月を竜宮城で過ごせた年月は仕合せ、幸福そのものだ。道楽三昧の人生を十分に楽しんで来た人生だ。自由気ままにやりたい事、したい事、何でもやって、愉快に痛快に長年の過ぎし日々は、今は全て夢の中だ。

八五年近い過ぎ去った年月、時間は零だ。竜宮城内での八一年少々の年月を大きな自然災害、即ち大地震、津波、そして大台風その他などで家の倒壊、その他、家族の生死が奪われた事はなかった。これこそが強運となる。

そして女房も元気、娘や息子達も大きな病もせずに成人になってくれた。当たり前に感じるかも知れないが、幸運とか仕合せはその様なものだと考え、そして大いに感謝している。

人生は「全ては一場の夢」、お終いに着いて考えてみれば、瞬きする一秒よりも短く感じる。「人生は死ぬ為に生まれて来た生涯」だ。

竜宮城を卒業してからの人生は「死体が生きている」その様な状態だ。そして今や正真正銘の本老人だ。そして老衰老人だ。奇快人の唯一の不運は「早死に」しなかったのみだ。この長寿のみが唯一の不徳、不運と考えて居ますぞ。長生きしたいなどと考えた事もないし思った事もない。

死体で生きているとは如何なる事か。「生者必滅」は大自然の公理であり哲理だ。そして人間共の命の箱は五〇年か六〇年だ。死体で生きて居るとは、この命の箱五〇～六〇年を超えていることですぞ。六〇年の上限から考えても二五年近くも満期を通り過ぎているのだ。

それ故に「死体で生きて居る」こう表現して来た奇快人だ。死体で生きて居る毎日の生活は面倒であり一挙手一投足がスムーズに出来なくなって、日々を生きて居るのが苦痛そのものだ。

死んで天国に行って然るべきなのに生きて居る。要は死体で生きて居るからだ。

人間も含めて動物達は細胞の働きで生存している。人間の体は六〇兆個の膨大な数の細胞が元気に働いて呉れている。その時間が実は五〇～六〇年だ。

有史以来つい最近まで人生の箱は五〇～六〇年であった。即ち人間の一生は自然界と一蓮托生で生活しておれば、奇快人もメデタク、そして二五年近く前に天国の本住人になっていた筈だ。

我が国ニッポンは人生一〇〇年時代と称して、明るい希望のある社会である様な風潮がある。残念ながら長寿社会は「不幸社会そのもの」だ。これが奇快人の考え方だ。

戦後の七七年弱の間に日本人の寿命は三〇～四〇年近くも伸びた。

重労働からの解放、特に病院や医療機器や、その他の技術、そして医薬品の進歩などで、生物として動物として大自然の摂理の中で生活して来たサイクルが無くなって仕舞った。

人類、人間共の二〇万年少々の年月の中で九九・九パーセントは、人生は五〇～六〇年であった。平均寿命は三六、七歳であった。戦国時代の武将織田信長も好んだ幸若舞では「人生五十年……」と歌って居る。

仮にも人類、人間共が近代文明社会を作らなければ、即ち人為で人間の命の箱を操作しなかったならば、実は人類、人間共は地球環境を破壊する事もなく、そして他の全生物の敵になる事もなく、自ら自滅する事を免れたのではないかと考えて居る次第ですぞ。

近代文明社会が命の箱を大きくして、そして文明病が生まれた。癌や認知症などは文明病の最たるものだ。

命の箱を人為で大きくした時間が病気で過ごす時間となった。苦労、苦界を大きく広く、そして深くしたのだ。「人生はお終いのおしまい」の仕方、結末のつけ方が最も肝要だ。

人生の始まりは如何なる人間も自ら制御は出来ない。動物の中で人類、人間共だけが出来る唯一の行為は、自らのお終いを自ら決められる事だ。

世間では自殺、自決、そして自死と称している。その様な結末の仕方が「善か悪か」は各人の考え方、価値観で決まる。死体で生きて居る生活は無いのが善だが、いとも簡単に楽に天国には行けないものだ。小生が子供の頃は村の老人達がポックリ寺にお詣りに行って来た、その様な話を聞いたものだ。

万人が望むのは何の苦痛もなく短時間での天国行きだ。これが人生のお終いの最後の願いである筈だ。これまでも歴史の中で多くの有名人、著名人が自殺、自決、自死している。その死に様も各人各様だ。

奇快人の小生は天国行きの「安楽無痛列車」なる天国行きの特急列車を運行したいと願望する。是非とも運行して万人に歓喜を届けたいものだ。一～三分位の短時間で苦痛を伴わない薬の開発は必要以上の期待がある筈だ。

この様な薬を奇快人の小生は「無痛閻魔丸」と命名した。理想的には「即死」が望ましい。世間一般では悲劇とか呼ばれているが、本人にとっては結果的に「即死」は苦痛の伴わない理想的な死に方だ。

その様に考えて居る小生は「始まりの無い」のが強運だが、出発して仕舞えばお終いまで生きなければならない。

「死ぬ為に生まれて来た人生だ」

少し前の時代ならば子供の誕生は家族、一族郎党すべてに於いてオメデタイの一言に尽きる。奇快人の小生は人生のお終いの死も人生で最良のオメデタイ日と定義した。人生のお終いの死こそ、即ち人間の廃業は人生での苦界からの脱出であり、解放であるからだ。

奇快人の小生は、毎夜、朝の目覚めまでの八～一〇時間の中で、多分短くて一、二時間、長くて五、六時間は天国に行って帰って来て居るのだ。死体で生きて居る奇快人は毎夜、天国に行って帰らないのが強運だ。

今日は二〇二二年三月一六日だ。

今朝も目覚めたので今日なる一日を生きる事にした。運よく目覚めなければオメデタクも天国の本住人だ。天国と浮世の接点で辛うじて生きて居るのが「死体で生きて居る」そう考えて居る。

天国は万人が必ず訪れる生涯で一度限りの一大祝事と考えて居る。この浮世に生を得るのがオメデタイならばお終いの到着点、天国もオメデトウなる祝意をもって儀式を行うのが本筋と考えて居るが如何なものか。

生まれしがオメデトウならお終いの死、天国もオメデトウなる表現で同等にした方が合理的でもある。世間では死んで仕舞えば全員がご愁傷様とお悔やみの言葉を述べる。六五歳以上の高齢者の死、命日は人生で最良の日だと思う奇快人だ。人生で唯一度の祝事に御愁傷は似合わない。

死体で生きて居る生活からの脱出、解放は盛大な祝宴を開いて壮大な宇宙への旅立ちを見送って欲しいものだ。

奇快人の小生は未だ若かりし頃、即ち竜宮城内で俗人として俗世を楽しんで居た頃から健康に悪い事を多くして早く死にましょうと、酒宴の場でよくこの様な発言をして来た。酒、葉巻、パイプタバコなど高価な物を常用して来た。葉巻のダビドフ、ロメオジュリエットなどは一本が二〇〇〇円以上で、一番高いのは一本五〇〇〇円以上もする。奇快人のトレードマークで何よりも本人がご満悦だ。

そして道楽三昧の人生も全てお終いでシャボン玉の泡の様な人生がお終いになった。この浮世に何の未練も悔いも無い。ただ今にも天国に向かって出発進行だ。その奇快人も贅沢というか我が侭といえば、妻なる女房殿を連れて一緒に行けない事が唯一の心残りであり、未練だ。奇快人の女房は、奇快人に一緒に連れて行って欲しいと、何時も願っている。

しかしだ、いくら奇快人でもこれはどうにもこうにも大変に困難だ。奇快人夫婦も両人とも八五歳近くになり、女房は一歳上の八六歳だ。天命なる命の箱を二五年もオーバーしている。即ち「死体で生きて居る日々」だ。

奇快人の小生は在世、余命が一週間、一日のみ、そして只今と宣言されても全くもって異論はない。直ちに出発しますと即答するだろう。二人とも本物の老衰老人で老老介護も出来ない。

女房は三年位前、八三歳頃までは病気もした事もなく元気そのものだった。八一歳と半年位の頃に奇快人が病気になった。その頃から女房も体力の低下が著しく、高層ビルの最上階から地下室へ直行した姿になって仕舞った。

両人共に死体で生きて居るのは同じ土俵だが、女房の方が遥かに衰弱が大きく、早く楽にしてやりたいと考えて居るが、その術がないのが口惜しい気持ちだ。

現在、女房はすっかり俗世、俗人、俗欲の世界と無縁の世界の住人になっている。殆ど子供の世界の様な毎日だ。腰が少し曲がって杖を使わないと散歩も出来ない。声も小さくて出ない。文字が視えないので今日が何月の何日か判らない。歯も悪くなって食べる物が限られる。流動食を食べて貰っている。

歩くのも一〇センチメートル位の歩幅で一〇〇メートルの距離を歩くのも大変だ。一日でも元気で居て貰う為に散歩に連れて行くように努力をしている。今や奇快人も女房の子守役を喜んで行っている毎日だ。

死体で生きて居る事は他の苦労は無くても中々、毎日を生きて居るのは面倒で億劫なのだ。今日なる一日を生きれば長すぎる時間だ。人生は考えようでは一秒にも満たないものだと考えれば悠久の時間だ。一〇〇年を一秒と考えれば一時間は三六万年も生きた事ですぞ。お判りかな、奇快人。

宇宙で時間が止まる事はない。時間は通り過ぎて仕舞えば、一秒も一〇〇年、一〇〇〇年、一万、一〇万年~一億年も全て零になる。

時間は絶対時間、即ち宇宙時間と、人間それぞれ各人が感じる感覚時間がある。感覚時間は伸びたり縮んだりするものだ。苦しい時の時間は長くなり、そして楽しい時間や嬉しい時は時間が速く進むものだ。

アインシュタインの相対性理論でいう浦島効果の様なものだ。死ぬ為に生まれて来た人生は「一場の夢」だ。人生を一秒に集約すれば今日なる一日は何と八六四万年も生きた計算になる。今日そして毎日が命日なる考え方で生きる奇快人だ。一時間を生きても三六万年生存した事になる。一秒なる人生は実に長い悠久の時間ではないか。

毎夜八時頃に床に就く。そして翌朝三～五時に目覚める。この一〇時間弱の時間は実は奇快人にとって悠久の時間であり、また楽しい愉悦の時間でもある。熟睡している間、この時間が毎夜二～六時間だろう。

この熟睡している間の時間は奇快人流による考え方では「天国に行って遊んで帰って来た」、そう考えて居る。

その他の時間は夢をみているが、うつらうつらしている時間だ。毎夜毎夜の天国での数時間の旅は、天国の本住人になる前の仮住まいの予行実習と考えて居る。朝の目覚めまでの一〇時間前後の時間は実に楽しいものだ。

朝が来てしまう迄、妄想、奇想が泉の如く湧き出してきてワクワクする程の刺激もあるのだ。

奇快人の小生は、その生涯を回想して良き人生、道楽三昧の人生、人生に乾杯、そして悔いなし。

この浮世に何の未練も無い晩晴の心境だ。我が女房も同感で喜んで呉れている。毎日に感謝している日々だ。

（二〇二一年四月吉日）

人類は絶滅危惧種か

最弱の動物

人類とは如何なる生き物、動物なのか
その能力、知力は心から発揮されたのか
強欲の制御が出来なかった根源とは何だ

デジタル時代の現代人は、自らの頭で考える事が出来なくなって仕舞っている。浮世、現世で「全ての事象が金権、拝金」が着地点、目的地になって、自力では生きる事も、また考える事も止めて仕舞った。

動物としての人間、人間としての人間、両方を無くして人間でなくなっている人間は何者なのか。生物を創造した神々の描いた人間像は今や、この地球上には存在しない。

二一世紀の現状、世界で人類、人間共は地球上で極悪人、犯罪人になっている。しかもその認識は全く無い。人類、人間共はこれからの時間をどの様な世界を目指して進んで行くのか。

愚かな人間共に許された時間はもう「お終いの終点」に着いて居る。残念ながらその認

識は全く無い。

地球にとっての犯罪人、そして全ての地球生物にとっての犯罪人、人類、人間共にとっても犯罪人になって居るのが、現状の人間世界だ。

世界に目を向けてみると判然とする。世界人口は七八億人（最近八〇億を超えたと国連から発表された）。地球の許容できる範囲を大幅に上回っている。世界中が分裂と分断の世界で、「人間共の敵は人間共」だ。「人間共を滅ぼすのは人間共」だ。

国連加盟国は二〇〇ヵ国に近い。大きく二つの勢力圏に分類するのが適切だ。中国、ロシア、その他、軍人がトップを占める軍事独裁政権、それに対する「民主主義諸国」だ。なかでも特異なのは中国の習近平とロシアのプーチンなる二人の皇帝だ。二一世紀の世界である個人が意のままに軍隊を動かし、自らの法律を作って自らを守っている。世界中の不均衡の要因は、この中露の独裁が主要因だ。

ロシアの大義、正義、そして理由なきウクライナへの戦争は何を意味しているのか。

人間が人間を殺して如何なる利があるのか。戦争は地球を破壊して同じ地球人が地球人を殺害して喜んでいる人間共の知恵や能力は愚かさを象徴している。

生時有限、生者必滅は例外なく全てに当てはまる。公理であり哲理だ。

奇快人流に考えると、人類は自ら自滅する運命を自ら進んで選択した。しかしだ、残念ながらその意識は無い。強欲で能力、知力、そして知恵が正常に働かなくなって仕舞ったからだ。

近代文明社会の中で人間が人間の為に作った社会が人間共を不幸にしている。本来は人間が作った社会は人間を幸せにする為に努力して来た筈だ。人間社会は「理不尽、不条理、矛盾」の山だ。解消される見込みは無い。

諸悪の根元の一つは人口が急増し過ぎた事だ。

平和で豊かな国は、人口が数百万人以下の小国に多い。好例が北欧のスウェーデン（八八二万人）、デンマーク（五二三万）、ノルウェー（四三六万）、フィンランド（五一〇万）などだ。

多くの国民が満足して安心して生涯を送っている国々だ。政治も安定している。何を意味しているのか。人間が統治できる限界は、せいぜい数百万人となるのだ。

第二次世界大戦後の世界では民主主義が正道と見なされて主流となって来た。米国を始めとした先進国も、人口が急増して政治の統治、ガバナンスが出来なくなって来ている。民主主義、共産主義の二つの考え方は原点に大きな違いはないと考えて居る。

いずれも国民が安心して豊かに暮らせる事を願って出発しているからだ。

両制度共に制度疲労を起こして、正常に作動しなくなっているのが現状だ。民主主義の宗主国の米国でさえ国民に分裂と分断があり、二分されているのが現状ではないか。分裂、分断は憎悪を生むのみだ。

選挙は一見すると合理的に映る。選挙は老若男女を問わず、一定の年齢に達すれば誰でも一票の投票が出来る。従って差別もなく合理的に見える。民主主義は奇快人流にいうと、衆愚が衆愚の代表を選ぶ行為となる。衆愚の選んだ議員もまた衆愚の代表だから、衆愚の一人だ。

心から利口な、そして賢人は政治家にならないものだ。今の世界、政治家で大局的な思想、哲理を有して居る政治家は一人も居ない。

大局的な見地の思想とは何だ。

宇宙規模の雄大な発想であり、地球人を一団として考え、地球人全員の為の地球憲法、地球軍を創設して国境、人種、宗教を超越した制度を作る事だ。

大陸ごとに一軍区を置いて大陸軍を統括する司令部を作る。国境を挟んでの争い事、即ち戦争は地球軍が一丸となって戦う。現状の国家の形、そして国境は現状を固定する。現状の国家は地球憲法の下で共通の理念、思想、信条を元に運営する。

それぞれの国の軍隊は政権や政治から分離する。国々は地球憲法の下で独自の政治を行う。地球軍の統括、指揮命令は各国の政治と切り離して行う。世界中から集めた賢人会議によるのが望ましい。各国の政府は内政や通商問題などの政策等を実行する。

世界中の政治家が宇宙規模の視野と知見、見識を有して居るならば、人類、人間共の置かれている状況について考えてみると、地球人同士が殺人ゲーム、即ち地球破壊と殺人ゲームなる戦争などをしている場合でない位の事は判然とする筈だ。

人類はこの地球上から「生存が許されざる存在」になっている事を深く認識して、地球人同士の殺人ゲーム、戦争を二度としない決意をして、国連加盟国二〇〇ヵ国が全会一致して戦争はしないと決議すべきだ。

無数の奇跡のお陰で人類も他の生物も地球上で生かして貰っている現実に感謝すべきなのだ。

その一方で、人間共の考え方、思想、価値観を根本的に変革する必要がある。科学・サイエンスの力を物質文明の進化でなく、格差や不平等などは悪であるとする普遍的な考え方を、子供の頃から教育する必要がある。

人類は世界中どこの国に居ようとも皆、同じ地球人である。対等、平等、公平、格差が無いのが世界共通の価値観となり、それに満足するならば、人間が作った人間社会で人間が不幸になる事は無いのではないのか。如何なる天下人も所詮、人間は人間にすぎない。生時有限、生者必滅の公理に例外は無い。

人間世界での上層は上に行くほど、苦労も大きくなる。世界一の大富豪も一秒、一〇分、一時間先の未来は判らない。そしてどんなに願っても自らの命はお金、マネーで動かす事は出来ない。

人間の体も一つで、そして全てに容量がある。お金、マネーでこの容量を変える事は出来ない。即ちお金、マネーは意外と力、パワーは限られている。

ロシアのプーチンなる狂人の戦争犯罪に対して、西側先進国は何を考えて居るのか。ウクライナの惨状を視れば明らかだ。ウクライナの大半の都市破壊、老若男女を問わない一般市民の殺害、ウクライナ国民の財産略奪などは目に余るものである。

ロシアの国民がウクライナと同じ状況になって居たならば、ロシア人はウクライナ人を人間として隣人として決して認めないだろう。何事も同じ状況を、立場を反対にして考えれば自ずと自らの過ちに気付く筈だ。

愚か者の人間共が行う戦争で人間同士が同士討ち、殺し合いをしても地球上の全人類を絶滅させる事は出来ない。又そして過去に於いてその様な歴史的事実もない。

世界中の強国は、どの国も超強力な破壊力を持った兵器の開発に邁進している。地球人が地球人を殺す為に努力している。この愚かな強欲人間共は、自らの同士討ちで自滅しなくても、もう既に「この地球上に生存が許されざる存在」になって居る事実に気付くべきだ。

二一世紀の世界でこれまでの歴史を検証して考えれば、地球人同士の殺人ゲームを何故にお終いに出来ないのか。

一般人の中にも「誰でもよい」という理由なき殺人願望で犯行に至る事件も多い。その様な人物も自らが殺される事を願って居ない。俺が他人を殺すのは良いが、他人が俺を殺すのは良くない。身勝手極まりない屁理屈だ。

国と国の戦争も似たような心理だ。ロシアのプーチンはロシアの主権は大事で断固として守る。他国の主権は認めない。俺が他人を殺す権利はあるが、他人が俺を殺すのは絶対に許さない。

要は個人の殺人願望と同じではないか。国家であれ個人であれ、所詮は人間に変わりはない。仮に神々があるならば人類、人間共が、自らの同士討ちで全滅をしてくれるのを一番願って居る筈だ。余りにも多くの罪を、人間共は仕出かして、お終いのおしまいになった今も反省しない。神々が願った人間像は今はなく、そして人間は自ら人間でなくなった。

今の人間社会はデジタル社会で、人間が人間を放棄した人間共は電子情報に支配された数値情報人間だ。人間界の「全ての事象の頂点」に達して、人類、人間共は「生存が許されざる存在」になった。デジタル人間に哲学、哲理、真理、正義、平等、対等などの思考は生まれない。

人類、人間共の全ての間違いは近代文明社会、そして豊かな社会を創った事だ。それが人間共を不幸の世界に誘い込んだ。戦争難民は一億人を超えたと国連難民高等弁務官事務所が発表した。そして最低水準の貧困層の人々は八億人に上る。その他、多くの国で内戦、内乱などの人間共の争い事は世界中で多発している。

さらに気候変動に依る自然災害は、世界中で起こり、その日その日を生きるのに必死な国民を大勢生んだ。

人間世界は「不条理、理不尽、矛盾」の山だ。人類、人間共が何故に進むべき王道、正道を間違えたのか。視点を大きく変えて考えてみれば判る。

その一つは豊かな社会を創った事だ。七〇年、八〇年前までの日本社会では「働かざる者は食うべからず」この様な考え方が常識であった。そして老人社会は無かった。戦後の短時間で社会の価値観が「拝金、金権社会」になって強欲人間共が能力、知力、知恵が金毒で汚染されて機能しなくなって仕舞った。人間が人間を放棄して算盤人間に成り果てた。豊かさこそが堕落の要因の一つでもある。

「死ぬ為に生まれて来た人生」であるのに、始まりからお終いまで全ては金銭、マネーに支配される社会を創った。個から大企業、そして世界中の国民もお金、マネーの奴隷になった。お金、マネーも人間共が自ら自滅する運命へと道案内をしてくれている。

ショーペンハウアーは「我々は存在すべきで無かった何者かである。故にその存在を止めるべきだ」と主張した。

全く同感の奇快人だ。地球四六億年の壮大な歴史の中で無数の奇跡に依って地球生物は生存が許されている。奇跡に依って許されている時間、月日、年月は一秒たりとも未来の保障は無い。人間共の力は何一つとして無いからだ。人類、人間共はこの地球上に間借りさせて貰っている居候にすぎない。

「お終いの無い始まりは無い」

生物史上、最短年数で退場の途を作った人間共は、何を間違えたのか。能力、知力、そして知恵の使い方を根本的に誤って仕舞った。近代文明社会の創造と並んで価値観、考え方などの変革を怠ったからだ。

子供の頃から正義について地球人として全員が、国籍や人種、性別、そして宗教などの違いを超えて全てが平等、対等、公平を信条とする教育をする。その様な施策はこれまでは無かった。

もし、人間以外の知的生物がいて欲得の世界を超越した観点から、現状の人間共を眺めてみれば、この様な愚かな生物が存在する事に驚くだろう。

二一世紀の今も世界中で戦争や内戦、内乱が多くの国、そして地域で行われている。その根本原因はこれから先の年月、時間が平穏でこの地球上の大混乱、大変動が無いと考えて居るからだ。

特に政治家の頭の知見、識見、歴史考察は乏しくてお粗末そのものだ。これからも何時までも地球人同士の殺人ゲームが安心して続けられると思い、また考えているからだ。

人類はもう既に末期癌で助かる見込みは全く無い。余命は数日を宣告されている状況にある。にも拘らず全くその認識がないのは欲呆け、金毒呆け中毒が能力、知力を破壊したからだ。

世界中で二一世紀の今も戦争、殺人ゲーム、地球破壊をして自ら正義を主張する政治家や権力者は地球規模の知見、識見が零である。そして現状の平穏な戦争ごっこをして居られる環境が存在すると考えて居るからだ。

一〇〇年どころか、この先一〇〇〇年、一万～一〇万年と現状世界があって当然と考え、そして思って居る。明日にも一ヵ月先、一年先の地球が内的要因で生物の全てが住めなくなるとは考えて居ない。

デジタル社会で頂点に達した文明社会の中で「全ての事象の頂点に達した」、即ちもう既に明日はないものと考えなければならない位置に着いている人類、人間共だ。黄昏領域の中を彷徨って脱出が不可能な人間共だ。人間が人間でなくなって皮相人間共は堕落人間集団の侭で皮相社会から消えざるを得ない運命だ。

哲人の指摘の通り「人類は存在すべきではなかった何者かである。故に人類は存在を止めるべきだ」。

神々は唯一の失敗を犯した。人類、人間共を地球なる神聖な大地に送り出した事だ。近代文明社会はどんどん進化、進歩、前進すればする程、即ち上に昇れば昇る程、見せ掛けの豊かさが大きくなる。それに比例して不幸社会が拡大していくのは間違いないと考えて居る奇快人ですぞ。

何処まで行っても到着して仕舞えば目標達成だ。そして当たり前になって、また前進する人類、人間共は、際限のない夢を追い続け、お終いを迎えて、自らの巨悪なる罪を清算する運命だ。人間共の欲に絡んだ全ての事象は所詮、人間共の浅知恵だ。人間共が追い求めた、人間だけの豊かさ、便利さ、利益などは、地球にとっても他の生物にとっても百害あって一利も無い事ばかりだ。

（二〇二二年六月八日）

人類の「結末」

人類、人間共はこの先、未来をどの様な結末でお終いを迎えるのか奇快人の独想と奇想をもって眺めてみた

人類、人間共は生物の中で最弱の生き物だ。生物そして動物としての人間共は厳しい地

球環境の下では一日たりとも生存できないにも拘らず、現存する地球人は二〇万年も生きて来た。神々の唯一の失敗は同情して人間に他の生物にない能力、知力、知恵を授けた。所詮は浅知恵でしかなかったのだ。

神々もその失敗を悔やんでいるのだろうか。能力、知力を過信して短時間で地球にとって、そしてまた地球生物の全てに害毒を流し重罪を重ねて、今の社会が存在しているのだ。人間共は利口なのか馬鹿なのかと何度も記して来た。浅知恵を過信して、自らの豊かさ、便利さ、そして利益などを求めて僅か数百年の短時間で「全ての事象の頂点」に達して、絶滅への途を自ら進んで選択した。全て強欲に依るものだ。

知恵の使い方を根本的に間違えて、生物史上、最初で最後の自らが作った原因で滅びる種族だ。人間共の知恵は、実のところ全生物の中で実際は低位に居るのではないかと考えて居る奇快人だ。

前進する一方で中断したり立ち止まって考え直したりを怠った。科学技術の進歩、進化は他の生物では出来ない。自分達だけの豊かさを求めて邁進して現状がある。物質文明を通じて便利で豊かな社会を創造したと思っている。

人類も奇快人と同じで、実は毎日が命日なる状況下にあってもその認識がない。今なる一日の運命さえも不確かな中で損得、算盤勘定して喜んでいる憐れな人間共は、能力、知力、知恵が実のところかなり劣っていると考える必要がある。

真の能力、知力があるならば、生物史上で最短時間で自ら滅び行く道を作る事はないのだ。誰もが豊かで平和な生活を作る事に成功しているならば、人間共の知恵は称賛されるだろう。

目先の欲得で遂にデジタル社会まで作って「全ての事象の頂点」のお終いなる位置に着いている。

デジタル社会の出現は、人間共が科学、サイエンスに対する根本的な深い哲学、哲理、そして思慮の欠如が原因だ。デジタル社会への移行は暫くの間はかなりのスピードをもって進行するだろう。

即ち人類、人間共はこの地球上に存在する意義と価値がないという事になる。生物として動物として両側面を放棄して、動物として人間として全てが無くなってロボット人間に成り下がって仕舞ったのだ。

以前に記述した様にロボバン人間集団は、この地球上に存在する理由が無くなっている。生きとし生ける生物で、存在理由がない。もの言えぬ小動物や植物達は地球環境の変化、変動に対して適応して生き延びて来た。変化に適応できなかった生物は姿を消した。自然界の変動に対して自らの体質を適応させて今なる現状世界で辛うじて生きている。

残念ながら人間が存在する事に依って、発生している気候変動はこれらの小動物、そして植物を始めとした、多くの生物は短時間の変動には適応できなくて、間違いなく絶滅は必至である。当然の事ながら大きな動物は絶滅寸前だ。

人間共が地球環境を破壊し尽くして住む場所、地域がなくなったからだ。地球生物の中で環境破壊をして、また多くの地球生物を死滅させた生き物は人間共だけだ。そして自らも自らの手で今まさに絶滅、死滅の淵に達している。

金毒汚染で良心など無くしたロボバン集団は、気の毒にも、損得が生命さえも左右していると考えている様だ。人間共の能力、知力はその程度のものでしかない。

欲得、損得などが能力、知力さえも汚染してその役目を果たせない。即ち心から頭が良くないのだ。そう考えている奇快人だ。

人類、人間共は最弱動物なるが故に、出発点から自力で生存できない宿命を負っている。多くの小動物や植物その他、多くの生き物は、環境変化に適応して生存する力を有している。

人類、人間共はその様な能力、知力、そして体質が全くない。即ち他力で生きるしかない。自力で生存できない生物はこの地球上で人類、人間共だけだ。

二一世紀の現状は、「始まりからお終い」まで他力で生きている。そして他力で生きているのが当たり前になって、何人も仕合せ、幸福を感じない。生存できない生命で生きているから、考えようでは奇快人と同じで死体で生きている人類、人間共ですぞ。

今の人間世界では誰もが今日が、明日も、一ヵ月後、一年後～数十年後も続くと考えている。本当のところは一秒先も一分先も未来は判らないものだ。そして近代文明社会は文字通りの砂上の楼閣だ。

これまで、二〇世紀末期から二一世紀の今日まで大きな支障もなく生活して来た。幸運にも恵まれて大過なく時が流れた。この先どこまでこの様な状況が続くのか、一時間先も一日先も実は不明なのだ。

所詮、人間共の自力で生きていない、自力で生きられない生物が何時までも他力で生きられるとは考えられない。他力の正体も欲得人間共が作った浅知恵の結晶ではないか。人類、人間共は地球上の内的変化に自ら適応して生存するだけの力、そしてパワーがない。だから地球環境を破壊して多くの生物を死滅させる事に依って、今なる世界を生きている。

人類、人間共は神々が授けた能力、知力の使い方を何故、誤って使いそして自ら滅び行く道へ進んだのか。現状の文明社会、世界中の大都市、高層建築群からなる生活環境は維持できるのか。奇快人の判断は不可となる。

有って当たり前で、何時も感謝される事のない多くの要因で、人類、人間共が生かして貰っている事実に気付かない。

文明社会で普遍的な有って当たり前は基幹電力だ。現代人はこの電力が停止すれば生活が出来ない。生きられない。

世界中の大都市は海岸沿いに存在している。中国の上海では最高額のマンション価格が日本円で一四〇億になると一部の新聞が報じている。東京都でも湾岸や都心部のマンション価格は数億円する。最新の超高層マンションだ。

そして今や地球上の大都市は全て高層建物群が多い。大都市の全住民は、砂上の楼閣で暮らしていると考えている住人は一人も居ない。超便利な事は超不便と表裏の関係で、森羅万象、社会万般は出来ている。

主力の基幹電力の停止が数ヵ月、またはそれ以上長期間に亘って発生すれば、実のところ一週間も暮らす事は出来ない。電気、電力が住人の命を全て左右している事実に気付いて居ない。収入に対して電気料金は比較的に安価だ。自分の住んで居るマンションは零価値になるとは如何なる住人も考えて居ないのだ。

人間共の頭の程度はそれ程に低いものですぞ。

一年三六五日、そして「始まりからお終い」まで自力で生存できなくなった人類、人間共が、英知と努力、時間、資金を投じて完成させた文明社会は、実のところ人間共の生存さえも奪いかねない諸刃の剣である事実に気付かない。目先の利便に惑わされるからですぞ。

近代文明社会を作らなければ、実は何の、そして如何なる支障も不便も無い。僅か二〇〇〇年、三〇〇〇年前の生活で満足して、生活を維持し続けて居たならば、人間共も地球なる大地の上でゆったりとした時間の中で、人間らしく生きられたのは間違いない。

電気がなくともガスがなくとも、凡ゆる文明の恩恵がなくとも如何なる支障、不便も生じない。

近代文明社会の創造が人類、人間共の最大の失敗であり、そして人間の能力、知力、そして知恵の限界だ。人間共が真にお利口ならば、生命の住める宇宙で唯一つの地球環境を破壊して自ら追放する事は考えない筈だ。

現状の人間共は自ら蒔いて育てた悪の花が満開になって、毎日が命日なる運命である。即ち「全ての事象の頂点」に達して「地球上に生存が許されざる存在」となって仕舞っている。残念ながらその様な認識は全く無い。広大な宇宙の中で生命が生存できるのは天の川銀河の太陽系にある地球だけですぞ。

人類、人間共は愚か者の集団だ。無数の奇跡に依って地球生物が生存させて貰っているにも拘らず、浅知恵で傲慢で毎日が命日なる状況下にあっても「人類、人間共の敵は人類、人間共」だ。「人類、人間共を滅ぼすのは人類、人間共」だ。

二一世紀の二〇二二年六月二〇日だ。

今も人類、人間共は憐れにも強欲で脳性麻痺を起している。

従って同じ地球人が地球人を殺害するのを最大の喜びとしているのだ。殺人ゲーム、戦争などがどの様に悲惨なものかは誰もが承知している。にも拘らず人間共は最後のたった一人になるまで殺し合いをして、地球なる宇宙船から全員が下船必至になっている。

同じ仲間、地球人を殺して正義を主張し同胞を殺して喜びを感じる生物は人類、人間共だけだ。神々は大きな過ちを犯し、人類、人間共を宇宙で唯一つの生命の住める楽園に送り出した。神々の想像を、又その限界を超えた悪行を予測しなかったからだ。

人類、人間共の全ての悪の原点は、「人類、人間共が過去や未来を考える」動物だからだ。「始まりからお終い」まで最短時間で滅び行く運命だった人類、人間共に明るい未来など存在してはならないのだ。

ショーペンハウアーのいう様に「我々は根本的に存在すべきでなかった何者かなのである。だから我々はその存在を止めるべきだ」。心からの正論だと奇快人の小生は考えている。

近代文明社会での基幹電力の長期間の停止は何を意味するのか。即ち有って当たり前である酸素と同じく誰もが感謝しない。しかし乍、有って当たり前が一つでも欠如すると実は全ての生物の生存が出来なくなる事に気付かないのが人間共だ。

基幹電力の消滅は酸素の消滅と同じで人間共は生存できない。高層建物で電気の停止は人間としての生活の全てが出来なくなって生存が出来ないのだ。何事も「お終いのない始まりはない」。

大都市、高層建物群は、墓場となって仕舞うだろう。生活の出来ない場所の評価のしようがないのだ。その様な事態に直面して豊かさの反動に気付くのだろうか。気付いたその時に初めて、その浅知恵と地球環境破壊に気付くようでは、多くの生物を絶滅させて来た人類、人間共の終点も悲惨なもので然るべきだ。

人類、人間共は神々が与えた能力、知力、知恵の使い方を根本的に誤って、自ら自死する運命だ。厳粛な日にも隣人を殺す事に夢中になる人類、人間共は生存する価値も意義もなく、積み重ねて来た重罪の責任を負わなければならない。

地球上から人類、人間共の絶滅こそが唯一の罪滅ぼしと考えなければならない。

人類、人間共がこの地球上から消える事が、最後の償いである。


（二〇二二年六月二一日）

行ってはならなかった頂点

目指した豊かな世界は人類、人間共の絶滅への道程であった

人類、人間共は何故、神々が与えた能力、知力の使い方を誤って、生物史上、最速、最短で自死する運命を選んだのか。

人類、人間共は生物、動物としては最弱の生物だ。過酷な地球環境の中では一日たりと

も生存できない。神々は地上に送り出すに当って生存への道程を与えた。これが能力、知力、そして知恵ですぞ。

現存する地球人八〇億人は東アフリカで誕生して二〇万年になる。九九パーセントにあたる年月を人類、人間共は神々を裏切る事なく、地球環境の中で大自然の公理、大法則の中で従順に生きて来た。

人類、人間共は三〇〇〇年位前までは神々の考えた世界で生きて来た。最弱生物なるが故に他の如何なる生物にも無い助け合う精神、心の豊かさがあった。

助け合う、分かち合う、信頼する、時には自らを犠牲にしても他人を助ける。人類、人間共だけが有して居る唯一の美点だ。人類、人間共はこの先この地球上に何時までどの位、生存が可能であるか。

「お終いの無い始まりは無い」

五億四〇〇〇万年の生物史の中で、僅か二〇万年の最短時間で自ら自死に向かって墓穴に入らんとしている人類、人間共は利口なのか馬鹿なのか。人類、人間共の失敗の最大要因は近代文明社会なる豊かで便利な社会を作って仕舞ったからだ。

何故その様になったのか。最弱動物である人間共は大自然に適応しなければ生きて行けない弱い動物だからだ。自然界での生存競争には勝てない。生きる為に神々が与えた能力、知力の使い方を「始まりからお終い」まで間違えてスタートしてしまった。

人類、人間共だけの豊かさ便利さ等々、自らの利得を第一に考えて、他の全ての要因を視野に入れずに、近代文明社会を完成させて遂に墓穴を掘った。近代文明社会を僅か三〇〇年弱の時間で完成させた。

人類、人間共だけの豊かさ、利便、利得など、その過程で環境破壊や他の生物に対して配慮を全くせず無視して、人類、人間共だけの利便、豊かさを達成したのが現在の近代文明社会だ。

この近代文明社会の完成こそが人類、人間共が自ら作った原因で自滅する破目になる事などは全く考えても居なかった。

「有って当たり前の無数なる奇跡」で、地球生物が生存させて貰っている事実に対する認識がない。人間が人間の力で生存して居ると考えて居るのが人間共だ。近代文明社会の創造は人類、人間共が浅知恵なるが故に、自ら自死する道を招いた。人類、人間共が愚かになったのは戦後の一九四五年以降の事ですぞ。

生活の全てが戦前から比べれば便利で豊かになった。何よりも重労働からの解放が実は人間共の眠っていた悪の花を開花させた。重労働からの解放は人間共の人生を一変させた。余暇なる時間が豊富になって、これまでの生活様式が一変した。

七、八〇年前までの人生は生きる事は喰う事が全てだ。喰う為に生涯を、家族そして一族郎党の為に働いて働いて、その一生を終えている。働けなくなって短時間で人生のお終いを迎える事が出来た良き時代であった。病院がないのも幸いした。

自然界の他の動物、生き物達と同じ様に自然界における公理、哲理である天命に依って、生涯が完了できた良き時代の最後の時代であった。

近代文明社会は一〇〇年、二〇〇年……何百年前から比べてみれば「夢」の世界に違いない。重労働からの解放は時間の取得であって、この余分の時間の確保が文明社会の進化を加速させた。

そして今は二一世紀だ。二〇二二年七月七日で先進国、そして日本もデジタル時代となっている。デジタル社会、デジタル時代は「全ての事象の頂点」に達したことを象徴している。

自らの自らだけの豊かさ、利便は他の事象に対して百害あって一利もない。人類、人間共が夢に見た、そして考えた多くの事象はほぼ全て取得している。夢に描いた多くの、そして大半の願望が達成されて人類、人間共は仕合せ、幸福になったのだろうか。

二一世紀の今日なる世界を眺めてみれば一目瞭然ではないか。

「人間が人間の為に作った社会が人間を不幸にしている」

人間の敵は人間だ。人間を滅ぼすのは人間だ。自力で生きられない生物で生存して居るのは人類、人間共だけだ。

人類、人間共がその生涯で一度も感謝しない「有って当たり前の奇跡で生存している」事実に気付かない。人間共は愚か者であるが故に、人間の力、自力で生存して居る、地球人全員がそう思い考えて居る。

酸素が五～一〇分でも無くなれば地球上の全ての動物は全滅だ。人間が酸素を作って人間を含めて他の生物も生存して居る訳ではない。地球上の酸素は全て植物の光合成で供給されている。

その他、地球四六億年の壮大な歴史の中で無数の奇跡の積み重ねに依って生物が住める環境があるのだ。人間は奇跡の中で生かして貰っているだけの存在に過ぎない。

近代文明化を達成して、豊かで便利な社会を作っても酸素と同じで誰もが当たり前になって感謝しない。仕合せ、幸福を感じない。近代文明社会は実は砂上の楼閣だ。

文明社会に於いての酸素は実は基幹電力である。この電力が停止する事になれば近代文明社会、即ち人間界、地球人は生存できないのだ。現状の八〇億人の地球人は酸素に相当する基幹電力と水が止まれば死滅する。そして人間共は生物が生存できる環境の全てを破壊した。

二〇二二年七月一三日、何時もの様に喫茶店で原稿を書いて居る。

酷暑の夏でこの年で、この夏は今日も明日も毎日が命日で、只今すぐにも人生をお終いにしたいものだ。

今日の報道では世界人口が八〇億人に達したと報道された。八〇億人にもなる地球人、人類はこのさき何を考え、そして何を目指して行くのか。明るい見通しのない「黄昏世界」で右往左往して、「苦界、苦の世界」を彷徨い続けて生涯を送らなければならない。

人類は地球生物の中で最も憐れで愚かな、そして不仕合せ、不幸世界で生きなければならない唯一の動物だ。最弱生物なるが故に神々が与えた能力、知力の使い方を誤って、「行ってはいけない頂点」に達して、自死する破目になった今日でも、強欲と金毒呆けで能力、知力そして知恵も正常な働きが出来ない。

毎日が命日であるにも拘らず隣人を殺すのを正義としている人類、人間共はこの地球上での極悪人だ。

「人類、人間共を滅ぼすのは人類、人間共」だ。

世界中の強国は二一世紀の今日も殺人兵器の開発に全力を注いで居る。この頭の劣化は一体何なのか。世界中の政治家には政治哲学、宇宙規模の思想、そして歴史考察が全くもって欠如している。真の賢者は政治家などにならない。世界一の大権力者になろうとも所詮、人間は人間にすぎない。

生時有限、絶頂の平坦はない。「お終いのない始まりはない」、宇宙は「森羅万象、社会万般は全て無で始まり、そして全ては無で終わる」。

人間共の強欲などは宇宙なる世界で「無」そのものですぞ。　（二〇二二年七月二五日）

日本、日本人

日本の世相を一刀両断

堕落世界一の日本の現状、世相を奇快人流に一刀両断

今朝は午前四時頃に目覚めた。その時は比較的に気分は爽やかだ。目覚めがなければ今日が人生で最良の日となる。「生者必滅」の世界で天命を過ぎて生きて居るのは最悪、なる考え方に自信を持っている奇快人だ。

人生一〇〇年時代と称される不幸社会を創って、人間共は自ら進んで「苦の世界、苦界」を大きく、広く、そして深くした事に気付く事はない。多数の人々が一〇〇歳まで頑張って生きたいと願って居るのは不思議で仕方がない。

その様な御方は今なる今日も「竜宮城の中に居る」住人だ。竜宮城の中に居る内は年齢が幾歳になっても自らのお終い、死について真剣に考えていないものだ。お終いの死は他人事と考えていられるのは、竜宮城に住まわせて貰って居るからだ。

老後について多くの本が「雨後の竹の子」の如く沢山出版されている。残念ながら、派手な宣伝が大きくなされて出版部数を誇持しているが如何なものか。どの作家も自らのお

終いについて未だ真剣に対峙して居ない。

未だ明日が来るのが当たり前で一ヵ月後、半年後、はたまた一年後も生きて居る、と考えている人達の作品は、人生の真のお終いを教示しているのだろうか。と奇快人の小生は考えている。

一方の読者も何歳になっても竜宮城の中に居る間は、自らのお終いの死について全くもって考えていないものだ。何も考えないで生きて居る人達からみれば、何人でも新鮮に感じられる筈だ。

日々その時々、今で命がお終いになる覚悟をもって書かなければ、真の人生については論じられないものですぞ。

老人社会の日本になって仕舞った社会で、長寿を喜んで居る人達はどれ程いるのか。七五歳以上の高齢者、老人達はなぜ生きて居るのか。

「長寿こそが罪悪だ」

奇快人の現実の只今の心境だ。

道楽三昧に過ぎし八〇有余の年月、時間も終わって仕舞えば全て夢だ。夢の世の夢も全てお終いになって、振り返って考えれば、「シャボン玉の泡」の様なものだ。

すぞ。

「生者必滅」こそが天命であり、そして人類、人間共に与えられた天命は五〇～六〇年で

今の奇快人は、その日その日の一日を生きて居るのが面倒で、今も長く待ってくれている「閻魔大王の黄泉の国、天国、冥途、そして地獄」に直行したいものだ。

世界中が老人社会になっていく様は、これから益々加速して進むのは間違いない。その根元はなんだ。

人間は天命を超えて三〇～四〇年も人為に依って、命の箱を大きくした。決して開けてはならないパンドラの箱を開けて、多くの悪魔を人間世界に釈放した。この一〇〇年位の短時間で人間共はこれまでの重労働から解放された。文字通りの人間社会にとって革命だ。

この重労働からの解放こそが老人社会を作った大元だ。全ては近代文明社会の成立に依って達成されたものだ。人間共が豊かに便利、快適に暮らす事を願って、第一次産業革命が生まれた。

今の日本社会は奇快人流に表現すれば、全ての国民の事象の着地点が「拝金、金欲」になって、そして堕落の頂点に達しているのが現状だ。

人生なる神聖な生涯を「始まりからお終い」まで、お金、マネーに支配される世界を作っ

たのは人間達ではないのか。お金、マネーに能力、知力も、そして心、精神などは無い。人生がそのお金、マネーに従属させられたのは如何なる事か。

世界中のどの国も、そして小国も実はお金、マネーに支配されている。世界一の大企業から零細企業、そして個人までの全人類が、お金、マネーの奴隷になっている。強欲の人間共が作った世界の実態だ。

金権、拝金思想が蔓延したのは最近の事ですぞ。特に顕著になったのは戦後からだ。明治時代、大正時代、そして戦前までの昭和なる時代は我が国、日本も偉大なる奇人、変人、怪人なる個性あふれる素晴らしい巨人が多数いた。

そして戦後の七七年間は、陽炎の様な表面上の豊かさに目が眩んで金欲、拝金社会が全てを覆ってしまった。金欲、拝金主義は没個性の時代で、全国民が形式人間になった。国民の全員が形式人間、そして忖度国民だ。

人生がお金、マネーに支配される世界では、正義や倫理、道徳、博愛、平等などの主要概念は隅の方に捨て去られた。その様な国民集団になった。お金、マネーに支配される人生は人間としての美徳の大半を捨てて、「算盤人間」と化した国民は、人間の持っている唯一の徳分である義理人情を忘却の彼方に捨て去った。

金毒は強欲の人間を掴まえて放して呉れない。「歌を忘れたカナリア」なる童謡があった。他の動物にない唯一の人間共の長所は「義理人情」だ。法律の前に守らなければならない道徳、倫理こそが最も重要ですぞ。

法律は善と悪だ。法律ほど始末に負えない代物も、実はこの世には無い。軍人などが支配する国では、独裁者が自らを守る為に有利な法律を作る。当然ながら、国民にとっては有害なものが全てですぞ。法の前に守らなければならない節度、正義、良識こそが肝心だ。

二一世紀の現状の日本人も法律に対する考え方を根本的に間違えて、法律を守っているから正当だと考えている。米国を始めとして西側先進国は、主権在民なる考え方の民主主義国家である。即ち法治国家になっている。

がしかし、法律は絶対的な完璧なものは実は存在しない。法律は適用の仕方に依って善と悪の二面性を有して居る。

明治の哲人山本玄峰は、「人に親切、自分に辛切、そして法に深切」と説いている。名言だ。

人間なる生き物は利口であり馬鹿でもある。そして狡猾な生き物だ。法に触れない様に凡ゆる詭弁を使って、法律を骨抜きにして自らの利益を得ようとする輩が後を絶たない。

時には法律はあって無き如しにもなる。現状の日本がその最先端を担っている。

法律の前に守らなければならない正義や道徳、倫理を無視しても、法律を破っていなければ如何なる行為も正当化されて仕舞うのだ。かなり難解で判じがたい。現状の日本人は総理大臣からホームレスまで全員が形式人間ばかりだ。

この様な国民集団は先進国の中で日本だけだ。金毒に汚染された国民は全員が算盤人間になっている。人間が人間でなくなって、その存在価値は零になっている。

算盤人間集団の日本は世界の堕落王国となっている。金権、拝金至上主義も頂点に達して人類、人間共の絶滅と並行している。

今の日本人は一方で、全員が去勢された珍しい集団でもある。三猿主義、即ち「見ざる、聞かざる、言わざる」で自らの利得しか考えない。個人主義でなく利己主義が王道と考えている。

日本人の多くは社会万般について真実を視ないし、そして考えない。「臭いものには蓋をする」、この古語も日本人の性質をよく表している。

一方で、自らの主権、尊厳なる個性は全くなく、全員が周りを見て他人と同じ行動を好む。世界で唯一の堕落先進国のナンバー・ワンになった。米国を始めとして西側先進国の中で日本だけが突出して異端の国であるのは間違いない。自らの主権、主張、尊厳などを捨て去って仕舞った国民は他国にはない。

唯一あるのは老若男女、国民全員がお金、マネーの損得勘定のみは一丁前だ。国民全員が金毒中毒で汚染されて全員が形式人間になっている。以前にも記したが即席ラーメン民族となっている。包装も同じ、中味も同じ、味も同じ。そして量も値段も皆全部が区別の付かない世界を作っている。

日本人の堕落の元は人間として正義、尊厳、倫理、そして道徳なる基本の基を忘れ、お金、マネーの方を優先し熱愛して来たからだ。国全体、国民全員が「金欲、拝金」の術中に嵌まって溺れている状況にある。

お金、マネーが人生を左右する。そして、人生の仕合せ、幸福もお金、マネーが握っていると考える様になって、愚かな人間共は自らが考える力を失って行った。

堕落が頂点に達した社会の現状は本当に長く続くのだろうか。奇快人の小生は考えているのだ。

そこで、これから「堕落の頂点」で宴を繰り広げて馬鹿騒ぎをしている日本人の世相についで眺めて行く事にする。

堕落の象徴を最もよく表現しているのは朝から深夜まで放送される民放会社のドラマやコマーシャルだ。

表現の自由は憲法で保障されていると勘違いして、堕落した国民を益々、堕落世界に誘導して行く。表現の自由の履き違えこそが、堕落要因の最たるものと知れ。そう主張したい小生だ。

日本の世相は、テレビの世界が実像の世界でも同じ様に二重画面で映されている世界だ。事件もの番組、刑事もの、その他殺人事件を扱った番組は毎日の様に放映されている。

凡ゆる殺人現場が生々しく、毎日放映されているテレビの殺人現場は、凡ゆる殺人の方法を描写している。テレビに放送される番組の全てが堕落した国家、そして日本国民の実の姿である。

番組放送のすべて、そしてコマーシャルは、堕落王国世界一の日本の姿だ。金欲、拝金至上主義が頂点に達した事実を如実に表している。ガソリンを撒いての殺人、刃物を使っての殺人、毒物に依る殺人、ロープを使っての殺人、拳銃に依る殺人、その他、バスジャック、列車内での逃げ場のない所での無差別殺人等など、テレビの映像世界と実社会の実態は同一だ。

にも拘らず誰一人として悪いとは考えていない。知性を失い、恥を恥と思わない国民性は何故に発生したのか。全ては「金権、拝金主義」が金毒で脳性麻痺を起している。法律に対する解釈の仕方こそが堕落の根元だ。お金、マネーに支配される人生で老若男女が全員、算盤人間となって人間が人間でなくなったのだ。

人生が遊びの社会なる側面が強くなり、真剣に生きる必要が薄くなって生活している輩が多すぎる。真面目な仕事をして懸命に働いている多くの労働者は低賃金だ。

それに比べてテレビ放送などの堕落産業に働く人々は高収入だ。底辺社会で、重要な仕事をしている多くの若者や高齢者はかなりの数に上る。

「石が流れて木の葉が沈む」

この様な世界が日本の現状だ。テレビ放送こそが最大の堕落産業の王者だ。

それではこれから堕落産業の姿を奇快人流に透視して眺めてみる事にしよう。最初にコマーシャルについて考えてみる。

広告が多いのは健康食品と化粧品だ。今頃は保険の広告もかなり多い。癌や認知症に関する保険広告が派手に宣伝に登場する。

癌や認知症なる病は、奇快人流にいうと、近代文明病という事になる。天命なる命の箱を人為に依って三〇年から四〇年も大きくした。天命を延長しなければ、人間共は自然の摂理の中で尊厳のある生涯を送れた筈だ。

人命こそが又、人が生きて居るのが最も重要だ。この様な既成概念が、不幸社会、即ち延長された年月こそが病気で過ごす人生を作って、病気も金儲けの材料になっている。人命は何よりも尊いなる考え方は、根本からその考え方を止めるべきだ。

横道に逸れたが、認知症に関する広告宣伝では認知症に認定されたら直ちに一〇〇万円を受け取れる。と大々的に宣伝している。その他、多くの特典を大々的に宣伝してお金が貰える、一刻も早く病気になって下さいと呼び掛けている様に映る。

某企業のガン保険は癌と認定された場合は、入院前に三〇〇万円を支給すると、これも派手に宣伝がされている。また別の某企業は癌と認定された場合、最高二〇〇〇万円支給すると宣伝している。

数千円の金額で二〇〇〇万円なる金額はかなり高額だ。また、コマーシャルに出演しているタレントや俳優が病気になる事が、金儲けになる様な口調で宣伝に一役かっている姿は何を表しているのか。金権、拝金至上主義、日本国民の姿だ。

健康食品、化粧品、その他、体に関係する機械器具、医療品など、どの広告も三〇分以内の注文、電話で半額その他七〇～八〇パーセント値引、そして別の商品は送料のみで商品は無料なる広告もある。形式人間集団を象徴しているのだ。

全てお一人様三個、又は三袋までとさせて戴きます。この様にして、三〇分以内の注文ならば、大幅な値引きが受けられると、欲得人間共、そして算盤人間に呼びかける。三〇分以内の一〇〇名、二〇〇～三〇〇名と限定して品薄に見せかけて、中々の巧妙な手口だ。その様な放送を一日に何回するのだろうか。

健康食品、特保なる商品はどの位発売されているのか。一〇〇種類はあるのではないのか。そしてかなり高額で一ヵ月、三〇〇〇～五〇〇〇円が大多数だ。どの宣伝も自らが自らを自慢するのだから効果は絶大だ。

健康食品の宣伝内容は全ての病や体の痛みなどに対して大きな効果があって、この世から病人や病で苦しむ人は無くなってしまいそうだ。

三〇分以内、一〇〇名、二〇〇～三〇〇名、三個三袋、限定、半額、六、七割の値引きなる商品が如何なるものか。正常な頭であれば、その解答が出せる筈だ。

一〇〇〇円の商品を、三〇〇〇～五〇〇〇円で表示すれば、半額でも七、八割引でも割高なものですぞ。通販限定なる商品も全てが金欲、拝金だ。金儲けの為なら何をしても善だ。法に触れて居ないから、どんな表示も表現も自由だ。

権利だと主張するのが堕落社会、そしてその中での人間共の所業だ。法に触れなければ全て善であり権利であるとの主張こそが堕落の要因ですぞ。

人生がその「始まりからお終いまで」、金銭、マネーに支配される世界になって、およそ一〇〇年弱だ。金欲、拝金至上主義は人間が人間として、また動物として自然の中で共生して来た良き時代をお終いになって仕舞った。

義理、人情この二つが人間共の唯一の誇りであった。義理人情を捨て去り、忘れて算盤人間が生まれた。歌に「義理が廃ればこの世は闇だ」とある。鶴田浩二が歌った名曲の一節だ。

そして放送の世界の乱痴気騒ぎは何を表しているのか。放送番組の全て、そして全ての広告・コマーシャルに、堕落の頂点、堕落王国の象徴が凝縮して表現されている。国民全員が金欲、拝金世界の中にどっぷりと浸かって宴をしている光景は、狂気の沙汰ではないのか。奇怏人の考えだ。

コマーシャルには、幼児から八〇歳以上の高齢者まで、老若男女が参画している。企業は、幼児から犬猫まで利用して金儲けに熱中している。小学生や保育園児など、中々の名演技で、宣伝効果を大きくしている児童も沢山いる。

金、金、金、世界を支配したお金、マネーなる物質は悪魔か妖怪か。その答えは明快だ。人間共が自ら悪魔、妖怪になったのだ。

テレビ放送の中身を視てみることにする。バラエティー番組なる放送も、一時間単位で年中放映される。働き盛りの青年男女、有名な俳優、タレント、そして無数の芸のない非芸人達が、大笑いして大騒ぎして騒いでいる姿は、正常な国の人民から眺めれば気狂いだと思うに違いない。

日本では正常と狂気が同居している。正常が狂気になっている。従って狂った状況を何人も感じない。

残念ながら日本人は真実について考える事が出来なくなっている。そして真実を、また唯一度の人生についての思考を停止したのだ。如何なる人生もその生涯を「始まりからお終い」まで「四海波静」とはならないのが、哲理であり自然界の大法則だ。

奇快人が子供の頃は、国民全員が食糧不足で誰もが何時もお腹を空かして居た。お米のご飯が食べられる事が大きな仕合せだったのだ。七〇数年前の現実である。

現状の日本で六〇代までの殆どの人々はその様な経験はない。堕落の頂点にある現状、テレビ番組の大食い大会は、食べ物を遊び道具として、沢山の出演者が大皿に山盛りになった料理を貪って大食い競争をしている。その様はまさに世も末だ。

社会の中で真面目に底辺で一生懸命に働いている人達は限りなく低収入だ。これこそが最大の矛盾だ。芸のない非芸人や大食い大会やバラエティー番組で馬鹿騒ぎに興じている非芸人が高収入だ。

芸人や政治家は如何なる試験もない。言葉を喋れば誰もが即なれる。常識も教養も一切必要なし、観客を笑わす芸のない非芸人達は、出演時間中は何時も大笑いしている。聞いている側は何が面白くて爆笑しているのかさっぱり判らない。従って芸のない非芸人の代表は「お笑い芸人」を称する非芸人だ。

政治家も全く同じで言葉を喋れば男女を問わず誰でもなれる。大学を卒業して親父のカバン持ち、秘書の肩書でスタートして世襲が始まる。

三代、四代と世襲が今も続いている議員が大多数だ。日本は民主主義の先進国と称しているが、徳川封建社会が延長線に乗って居るだけだ。代々が国民の税金で生活して来た一族だ。

徳川封建社会での身分制度と同じで働かなくとも終身議員で居られる。形式人間の日本社会では犯罪でも起こさない限りは落選しない。

議員の収入は議員の能力とは関係ない。今の世は高収入の職業は世襲が常識だ。従って馬鹿芸人と政治家は世襲の王様だ。国会議員の多くは生きて居る限り、あの国会村の外に出て行く事はない。

能力に較べて収入は多く倒産もない。そして長年務めて多くの政治家は、勲章も最上位を受賞している。勲一等なども皆、政治家が圧倒的に多い。

但し、日本の政治家は村の外で生きて行けない。収入を得るだけの技能や能力、知力が無いから、村から出て行く事は出来ないし、決して出て行かない。

日本社会の現状の生の姿を奇快人流に一刀両断してみた。

幼稚なままで大人になった子羊、老羊は算盤勘定だけが唯一の一丁前だ。唯一度の人生を真剣に生きるのを忘れ、真実の真の姿を直視するのも忘れて、人生を遊び場と考えている輩が余りにも多すぎる。

苦楽は一本の線上にある。遊び呆けて過ごした人生のこれからは、必ずや反対側の苦界に長く逗留して、人生とはこんなにも苦しいものかを知る事になるだろうと考えている奇快人だ。

人間に生まれた事に感謝して人間本来の王道を歩んでくれる事を願って居る奇快人だ。

（二〇二二年三月吉日）

不思議、奇妙な国・日本

日本国なる我が国は不可思議な国、そして奇妙で特異な国だ
戦後の七七年間は自民党政権、独裁政治である。
中国の共産党と同じだ
そして徳川封建社会、身分制度が延々と受け継がれている。
世界中に例が無い

一九四五年の終戦から七七年が過ぎようとしている。
国民全体が民主主義の自由で立派な先進国と信じ思って居る。果たして、本当に自由で民主主義の国といえるかどうか疑わしい。

少しばかり大雑把にみれば自民党に依る独裁国家ではないか。そしてこの先も自民党が議席の多数を維持して政権交代は望むべくも無い。

政治家の資質が無さすぎて米国、中国、ロシア、その他、欧米先進国と対等の立場に立つ事が出来ない。日本以外の先進諸国で日本の評価は比較の仕様の無い、主体性のなき国家として実のところ低評価だ。

中国流に表現すれば米国の属国となる。主権の無い国家は国家としての存在の意味が無い。奇快人流にいうと米国の愛犬、飼い犬の立場だ。

米国の愛犬であるのが日本政治の唯一の王道であり、また主権と考えて居る政治が戦後から現在まで続いて居る。

野党も多党多弱で心から独立主権国家としてのビジョンがない。何故か。政治家が自らの使命を果たして居ない、そしてその事についても認識がない。

国家存立の基本理論がなく、その事実に気付かない恐るべき状態が八〇年近くも継続している。この体たらくから抜け出せないでいる。政治家になるべき人材が居ないのだ。お判りかな。

その根元は日本人の「形式文化、形式美の世界」、形式人間集団の中で生きるのが安心だからだ。真に利口な賢い優秀な人材は政治の世界に入って来ないのだ。

衆愚の代表が政治家なる輩だ。自民党独裁政党も野党の議員も一回当選すれば、この国会村から外へは出て行かない。居心地が大変に良いからだ。現状の議員共は自民党も野党も政治家として存在する意義よりも、自らの生活を維持するのが主願で議員をしている訳であるから、当然の事ながら、そのレベルは最低になって当たり前だ。衆愚の代表である選ばれしその議員も又、衆愚である。

政治屋さん達は、政治家としての能力や知力、識見があって政治屋になった訳ではない。自らの生活、家族の為に生活の糧を得る為に政治屋になった。真の政治の何たるかを知って居ない。

文字が読めて、言葉を話せさえすれば、能力は零でも勤まるのが政治屋だ。議員としての報酬は、自らの力では世間からは得る能力がない。知力、技能の全く無い議員は終生を議員で在り続ける事が唯一の生活手段だ。議員にしがみついていても形式人間集団のニッポンでは犯罪、事件でも起こさない限り落選はしない。

衆愚代表を衆愚の形式人間が、「おらが街の先生を守ってくれる堕落王国ニッポン」の現状は、この先も当分は変わらない。民主主義と称しているが、実は現状も徳川封建社会が延々と続いて居ると考えた方がよい。

封建社会の身分制度が存続するのはこの国が形式文化、形式美、そして全員が形式人間の集団だからだ。オヤジのカバン持ちから始まって適当な時にオヤジの跡を継ぐ、そして世襲制が維持され自民党を支えている。

徳川封建社会の身分制度が五〇〇年近くも続いているのは珍しい。異常だ。そして全員が矛盾も何も感じない。芸のない芸人と政治家は如何なる資格も必要なし。しかも能力は全く必要なく高額の報奨が税金で支払われる。金になる職業で世襲ナンバー・ワンだ。

能力などで評価される事もなく、しかも終身安泰だ。日本では犯罪でもしない限り落選は滅多にしない。徳川封建社会の姿、そして身分制度そのものだ。政治家を目指す有能な人材が社会に存在しないのが大きな原因だ。

生活の糧を得る為に政治理念なき政治屋の姿を眺めて、政治の世界に魅力を感じないのは自然だ。現状の政界を眺めてみれば一目瞭然だ。衆愚の中の衆愚になるのは良くない。依って賢い人達は政治の世界に入って行かない。

優秀な人材が入って来ない世界では馬鹿殿ばかりで罷り通る事になる。その様な訳で世襲、身分制度は日本では亡霊にならずに健在だ。

文藝春秋から二〇二二年四月一八日に『石原慎太郎と日本の青春』なる本が出版された。政治についての回想の中で、国会議員の定年制について提案したら、有力議員からその様な制度を作れば自民党は潰れてしまうと言われたと語っている。至極、当然の事だ。形式文化そして形式人間集団イコール封建社会、身分制度の中で守られているのだ。これは日本文化そのものだ。国会議員も県知事、市長村長など、日本特有の土壌の中で封建社会、身分制度で堅固に守られている。

何度も多選に対して批判が出て来ているが、打破できた事はない。多選は間違いなく「弊害が大きい」、しかし、国民の意志を尊重すべきだという主張が罷り通って実現しない。そして当選すれば四、五選が当たり前だ。

身分制度の延長だから、基本的には終身議員となる。改革できない体たらくの根元を成している。地方の知事や市長などの投票率は三〇〜四〇パーセントである。過半数の住民は投票に行かない。即ち民意を全くもって代表していない。

日本なる国は先進国とは程遠い、世界でも珍しい不思議なお国ですぞ。

二一世紀の現在も徳川封建の身分制度の亡霊のお陰で大多数の議員が一生、安泰に暮らしていける。他国から視ればどの国も日本を主権国家、主体と尊厳のある国と評価していない。

二〇二二年四月三日だ。

ロシアがウクライナに侵攻して早くも一ヵ月と一週間が過ぎようとしている。戦争の悲惨さ、そして破壊の大きさに、ウクライナの国民は、今日なる毎日を死と向き合って必死に生きて居る。

その中で日本以外の国、とくにヨーロッパ先進国のフランス、ドイツ、英国、イタリア、そしてトルコのトップは、ロシアのプーチンと電話で絶えず協議をしている。戦争の中止、避難民の安全確保などで協議している。

然らばプーチンは、日本の首相と電話協議に応じるだろうか。勿論ながら話し合いの対象にはならない。要するに相手にされない。相手にして貰えない。これこそが日本の現状だ。

フランスのマクロン、英国のジョンソン、ドイツのシュルツ、トルコのエルドアンなどと比べてみれば、その存在価値は無い。日本の力などは世界の列強から視れば、視界に入らない存在である。

自民党と公明党の推薦議員しか当選しない。地方議員は知事も市長も八、九割は両党の推薦だ。形式人間社会が日本の現状ですぞ。自民党と公明党が徳川幕府そのものではないのか。又それを支えているのは「形式文化、形式美」なる伝統的な考え方だ。必然的に形式人間集団となる。

五〇〇年近い年月を身分制度が生き続ける、この国は文字通り希代《けったい》な国だ。そして奇妙な不可解な国である。

（二〇二一年四月三日）

コロナパンデミックと日本

コロナパンデミックの渦中にあるニッポンの現状について世界一の奇妙なお国ニッポンの対応とその特異な姿を浮上させてみた

コロナパンデミックで世界中の混乱の中で日本の対応は、世界の中で特異の存在だ。米国ではバイデン大統領が発令したコロナワクチン接種の義務化に、連邦高等裁判所が無効の判決を出した。日本では考えられない事態だ。

一方で政治に於ける三権分立が確立している証拠でもある。ニューヨーク市でワクチンを拒否している職員を出勤禁止とした。一方、ワクチン接種に反対する大規模集会が開かれた。フランスでもワクチン接種に反対してのデモが発生して居る。全国民が形式人間、そして全国民が忖度社会の日本では有り得ない異次元の世界だ。

二〇二二年一月三〇日、日本では三四道府県で蔓延防止措置が発令されている。年が変わって一月からオミクロン株の陽性者が急増している。WHOは一月二九日にこの一週間の感染者が世界で二二〇〇万を超えたと発表した。収束の見通しが全く見通せないと発表している。又、オミクロン株の変種の株も発生して、今後いかなる展開をするのか予断を許さない状況にある。

日本では蔓延防止措置の期間が一ヵ月以内と非常に短い。即ち一ヵ月位の時間での解決を予測している政府の対応は疑問が多過ぎる。

米国では連邦政府の下に全ての州で自治政府を作って独立した政治が行われている。法律も各州が独立して制定しているので州知事、市長などの権限は強力なのだ。ワクチン接種も州、市に依って義務付ける州と、その反対の義務付けない州もある。

国民も接種に賛成する人、また接種に断固として反対する人も多い。それぞれの各人が自らの権利を主張し、そして自らの行動に尊厳をもっている。即ち忖度の無い社会だ。

一方の日本では総理大臣から乞食まで皆全員が形式人間で全員が同一だ。政官財、そして司法、検察、警察もお互いが充分すぎる忖度万能世界だ。日本ではワクチン接種に反対する知事は一人も存在しない。

マスクの着用も米国では拒否する国民が大勢いる。ＥＵ諸国の先進国もマスク着用、ワクチン接種反対の動きもあり、フランスでは一部で衝突が発生した。各人が自分の考えをもって自らの権利を固持しているのは何故か。

蔓延防止重点措置も緊急事態措置も名称が違うだけで、どちらも如何なる法規制もない。日本の形式、形式人間世界そのものだ。米国、そして西側先進国に対して全て周回遅れ、そして二、三周回遅れでの対応だ。何故なのか。

その全ては形式文化、形式の縛りから一歩も外に出られないからだ。先ず初めに形式を決める。形式を決めれば、その枠の中で規則正しく行うのが日本の常道だ。

二〇二一年一二月下旬からオミクロン株の陽性者が急増して過去最大人数を連日、更新している。三回目のワクチン接種が急がれている現状だ。

ここでも、対応がノロノロと超ゆっくりとしか進まない。一月三一日から自衛隊が東京、大阪で大規模接種を始める。しかし予約制で、しかも一日の接種人数が二一〇〇人と極端に少ない。

米国を始めとして西側先進国は、何時でも何処でも誰でも接種できる態勢を整えている。日本では接種券が無ければワクチンの接種は受けられない。予約なしでは受けられない。何よりも形式が優先だ。

国民の安全よりも形式が重視される日本そのものだ。そして誰一人として異を唱える人間は居ないのだ。全国民が去勢された国民だ。

自らの権利、尊厳などは考えた事などないのだ。他人、その他大勢の人と同じ事をしているのが一番の安心なのだ。オミクロン株陽性者の急増に対して三回目の接種期間をこれまでの八ヵ月から七ヵ月、六ヵ月を経過した人に前倒しした。これも如何にも日本的だ。

オミクロン株の急増に対して先進国は全て即時、三回目の接種を始めている。イスラエルなどは既に四回目の接種を開始している。トルコでも三回の接種を六〇パーセント以上が終了していると発表されている。

形式を重んじ、そして予約、接種券の配布には時間を要する。そしてワクチンそのものが入手できていないのが現状で地方自治体の対応も進まない。何もかも後進国そのものですぞ。

日本の陽性者が連日に亘って過去最大を更新したと大きく報道されている。

そもそも日本の陽性者数は、先進国の発表と大きく異なっている事実を誰もが承知していない。全国で八万人に達したと大騒ぎしている。東京では一日の陽性者が一万七八〇〇人となっている。米国では一日当たり七〇万人、フランスでも三〇万人を超えていると報道されている。お隣の韓国でも一万人を超えている。

この数字が何を示しているのか。日本以外の国では感染者が増えれば全国民のPCR検査をしている。日本での陽性者数はその発表の数倍以上でなければならない筈だ。

東京、大阪、名古屋を始めとして何パーセントの人がPCR検査を受けているのか。その様な発表は一切ない。

東京では一日の陽性者が一月三〇日まで四日連続で一万七〇〇〇人を上回って過去最大となっている。それはよいとして何人の検査をして一万七〇〇〇人なのか。即ち陽性率が発表された事は一度も無いのだ。全国一丸となって忖度社会だ。

米国を始め先進国の多くはPCR検査を国民全員が基本的には受けている。従って陽性率も発表される。日本ではこの様な発表や報道は全く無いのだ。不思議な国、奇妙なお国だ。六五歳以上、そして一五歳以上で何人位がＰＣＲ検査を受けているのかさえも明らかにされて居ない。如何にも日本人的ではないか。

米国の人口は日本の三倍弱だ。一日七〇万人以上が陽性と発表されている。人口比で視ればその三分の一の、最低でも二三万人になる計算だ。フランスは日本の人口の二分の一以下だ。一日の陽性者が連日三〇万人を超えている。その半分としても一五万人の陽性者が居ても当然なのだ。

これは何を意味しているのか。政府や自治体の発表する陽性感染者の、実際の数字は三～五倍になっていると考えるのが妥当なのだ。隠れ陽性感染者は軽症のまま症状が無くなって自覚しない場合もある。又、陽性でも本人はその意識はなく、重症化せずに抗体が出来ている場合も充分に考えられる。

ＯＥＣＤ経済協力開発機構三八ヵ国の中で多くのランキングで最も低い位置に居る日本。形式文化、形式の枠内から一歩も外へ出られない日本人。国家としても尊厳のない日本国。

世界の政治家たちの強者との互角の戦いは、戦う前から両手を上げて降参だ。そして全員が悪いとも考えないし反省もしない。奇妙な国、そして俗に表現すれば怪体な国であり、そして国民だ。

ＷＨＯは二〇二二年一月三一日、世界で三億七〇〇〇万人が感染したと発表した。二〇一九年一二月に中国で発生して二年と一ヵ月でこの数字だ。死者は五六〇万人と発表した。直近の一週間では世界で二二〇〇万人の感染があった様だ。

このペースで感染が進行すれば一ヵ月で一億人になる。オミクロン株は感染力がかなり強力な様だ。ＷＨＯはコロナパンデミックの収束は、見通しがつかない状況と発表している。

我が国、日本は世界一の特異なお国だ。そして如何なる矛盾も如何なる逆さま社会も誰一人として認識していない。又、考える事もしない。自らの人格を自ら放棄して周りや他人の様子を見て同じ事をしているのが安心なのだ。

昔から日本は「長い物には巻かれろ」を継承して来た。「出る釘は打たれる」「物言えば唇寒し」「言わざる　見ざる　聞かざる」「触らぬ神に祟りなし」、この様な国民集団で二一世紀の今も日本の姿は変わる事はない。日本人は心《しん》からの形式人間だ。

家から外へ出てみると一〇〇パーセント全員が男も女も老若を問わずマスクを着用している。店の入り口には一〇〇パーセントどの店にも消毒薬が置かれている。コロナ蔓延防止重点措置も緊急事態宣言と名前が違うだけで、如何なる法規制もない。

米国を始めとして多くの国でロックアウトを何度もしている。外出禁止令、商店の閉鎖などの強力な手法を実施して来た。日本での規制と言えば、商店の営業時間を二〇時にするか、二一時にするか、もう一つは酒類の提供の自粛などで、他国から視れば無いのも同然だ。

そして真実を発表もしないし、誰が悪いなどと誰一人として考えてもいない。

それ故に日本政府は恵まれているのだ。何でも承知してくれて、反対する事を知らない。何でも賛成で果てしない国民集団である。その様なお国であるが故に戦後の七六年間の長きに亘り、自由民主党が楽に安心して政権を維持できるのだ。

その様に考えると日本ではコロナウイルスは、感染者数の発表は止めた方が良いのではないか。奇快人の小生はそう考えている。コロナワクチンの接種を強力に、そして迅速に実施するのが最重要ですぞ。

そしてお終いに、何故この原稿を書いたのか。

前にも触れたが、コロナウイルス君は世界を混乱させて、なぜ世界中を数年もその渦中に巻き込んだのか。仮にもその様な状態を作れば人類、人間共がその思想、価値観を変える切っ掛けを作ってくれる。その一歩になるのを期待してコロナ君を称賛した奇快人だ。オミクロン君も登場して新たな仲間も作った様だ。

しかしだ、一ヵ月で世界中一億人を感染させるも、その破壊力は微々たるものだ。世界中で死者一〇〇〇万～二〇〇〇万人と仮になったとしても、世界の八〇億人からみれば大きな力ではないからだ。コロナ君が中々奮闘しているが、どうやら人類、人間共に強烈な反省を強いるのは困難な様だ。

その様に考えてみるとお終いは「人類、人間共は人類、人間共に依って滅び行く」運命の方が大きい様だ。人類、人間共は所詮、愚か者の集団だ。人類、人間共はその歴史の中での教訓を学ばず、強欲のみを前面に出して、そして「全ての事象の頂点」に登って仕舞った。

残された道は唯一つだ。「お終いの無い始まりは無い」のお終いの位置に着いた。人類、人間共同士が殺し合って滅び行くのも、強欲の人間共のお終いに実に相応しい。

そして生物を創造した神々が鉄鎚を下す前に、自ら進んでこの地球上から消えてゆくのは地球環境、そして全地球生物にとって最大の極悪人が居なくなる事だ。朗報に違いないのだ。

（二〇二二年二月一日）

日本人の存在意義

日本人は存在する意義や価値を有して居るのだろうか。
現在の日本社会、生活様式、価値観など、
その全貌を三六〇度全円思考で眺めて分析を試みた

始めに日本人について奇快人流の表現をもって示すと次の様になる。とくとお考え戴きたいものだ。

（一）

皮相人間ばかりだ。皮相人間とは中身の無い人間を指す。真実、哲理が無い。自力で考える事が出来ない。

皮相人間が考えるのは次の二点だ。儲かるか損をするか。高いか安いかなどの金銭、マネーの勘定ばかりだ。

即ち算盤人間集団に過ぎない。情や「共」の文字は死語になって人間が人間を放棄した

に等しい存在である。

（二）

皮相人間が集まって社会が出来ているので、これまた皮相社会だ。中身の無い人間共が作った皮相社会が中身が無いのは当たり前だ。

何もかもがアベコベで、表現を変えれば逆さまな現象が正常になっている。正常が異常になっている。異常が正常になっている。

小石が川面を木の葉の様に流れて行く、木の葉が川底に沈んでいる。明らかに有り得ない。矛盾している。それでも事実である事に変わりはない。有り得ない。

その現実に気付かない。何故だ。欲呆け、金毒中毒で、金呆けになっているからですぞ。日本人、日本民族、国民が全員、欲呆け、金呆けで、この一点のみは格差もなく、平等だ。

奇快人に言わせると同情に堪えない、また憐れでもある。皮相人間が作った皮相社会は黄昏領域だ。一寸先も視えない濃霧の暗黒の世界だ。黄昏領域からの脱出は不可能ですぞ。

（三）

日本人、国民のほぼ全てが去勢された民族になっている。日本なる国は、正義が存在しなくなっている。この事実についても考えもしないし矛盾も感じて居ない。

香港、ミャンマー、タイなどで発生した様なデモは、我が国ニッポンでは起こり得ない。正義なる心、精神が全く無い。即ち損得しか考えない算盤人間ばかりだからだ。自分さえ良ければ全て良し。利己主義が全てだ。

一九六〇年、七〇年の二度に亘って起こった反安保闘争、全学連などに依る国会議事堂突入事件、さらに東大安田講堂占拠事件、その他、浅間山荘銃撃事件などなど。

警察権力に対して果敢に挑んだ若者はもう居ない。年月が過ぎて、現在の若者は学生も、また労組員も、全員が自分の保身だけが全て、利己主義で生きて居る。正義や自由、権利などを要求して損をするのは、真っ平お断りなる考えだけだ。日本全体がこの様な状態では政府も警察も長年に亘って安泰なのだ。

ミャンマーなどでは、デモ参加は命と引き換えになる場合が多い。香港民衆の自由を求める反政府運動は、武力によって、軍隊の力で抑え込まれた。独裁者の国では法律が無い。

法律は独裁者を守る為に有って、国民にとって悪法でしかない。

日本も主権国家としての存在意識がない。他国は日本を総じて軽く評価していて対等な扱いをして貰えない。しかもその事実に自公政権は気付く事もない。

全員が「とっちゃん坊や」「身分制度の中での馬鹿殿」で、政治屋さん達は、狭いあの国会村でしか生存が出来ない特異な人種だ。日本では真の民主主義は戦後から一貫して無かった。民主主義が育たなかったのだ。

立法、行政、司法なども一蓮托生で形式世界だ。忖度が働いて三権の独立が無い。お隣の韓国の如く検察が強力な力を有して居たならば、国会議員の多くが刑務所入りするのは間違いない。

徳川封建社会の身分制度が、五〇〇年近くも続いて居る認識が全く無い。民主主義は育つ事が無かった。

そして自由なる考え方を根本から誤って堕落王国を作った。しかもその意識が無い。法律に触れなければ何でも自由だ。堕落の大元は自由に対する履き違えが根本にある。民主主義でない民主主義、自由でない自由、そして堕落王国が完成した。

政治屋なる議員達は自公推薦でなければ当選しない。野党は存在するが、料理でいえば単なる香辛料だ。

選挙でも知事選、市長選などは三割台の投票率に過ぎない。六割、七割が投票をしない。民主主義を国民が自ら放棄して実は民主主義国家になって居ない。

自公馴れ合いの徳川封建社会の身分制度が延々と続いて居る。世界一の奇妙な国だ。国として国民として人間として、日本人は存在価値とその意義が全く無い。その様な状況での未来は有ってはならないと奇快人は考えて居る。

自公連立政権が何故に続いて居るのか。

公明党は自民と手を結ぶ前までは自民と鋭く対立していて完全野党であった時期が長い。元竹入義勝氏が委員長時代は共産党とも友党であった。宗教団体を母体とした公明党に対して危機感を募らせた自民党は、その宗教組織を激しく攻撃して窮地に追い込んだ。公明党は自民と手を強く結んで自らの安泰を図ったのだ。

強力な組織票を獲得した自民党が盤石の政権を作った。公明党も自民と組んで巨大な利益と、政党としての地位を確保した。民主主義が正当に育つのは永久になくなったのだ。

日本は主権国家としての体を成していない。民主主義が育たなかった。自由の履き違えで自由が有って無い。自由の悪用が常用されて堕落が頂点に達した。そして拝金、金権社会だけが成長して、唯一一丁前になった。

これから先の未来も、愚かで堕落したままで、黄昏領域を彷徨って没落する運命であろう。御愁傷様だ。

（二〇二二年一二月一日）

人間の生と死

天国の想像・創造

人生とは何ぞや。
竜宮城を卒業した奇快人、
今や本老人になって浮世、現世と天国の境界に居る

二〇二二年六月九日、何時もの様に喫茶店で原稿を書いて居る。あと二ヵ月程で八五歳になる。道楽三昧の人生も終わって仕舞えば全て人生は一場の夢だ。今朝は午前三時に目覚めた。目覚めるまでの六、七時間は記憶がない。即ち「熟睡」していた様だ。

言ってみれば天国に毎夜、数時間は逗留して帰って来た事になる。朝が来なければ真の強運だ。

目覚めたので今日なる一日を生きなければならない。面倒で億劫である。朝起きるのも、飯を食べるのも、洗面所に行くのも、トイレに行くのも面倒だ。

そしてつくづく生き飽きた。「長寿こそが不幸、不仕合せの元凶」だ。

世界中の地球人は「死」んで仕舞えば、どの国でも天国に赴いたと表現する。それ以上の事は考えない。

天国について奇快人の小生はかなり詳しく記して来た。死体で生きて居る現状の奇快人は再度、天国について考えて描いてみる事にした。

勿論、現実には天国など全て存在しない。神や仏も存在する筈がない。人間共はかなり前から天国や神、仏を創って生きて来た。

人間世界の不条理などに対して、この様な存在を創って置くと、様々な事の説明に便利である。

人生は苦の世界、苦界だ。生前の生涯が苦労の一生でも、死後の世界を考えておけば希望がある。天国は、浮世、現世と全く別次元の「苦界の反対の楽界」でなければならないと考えるのが、如何にも人間共の世界だ。

現世、浮世、我が人生が現世で如何に不幸でも、死後無限の世界で仕合せ、幸福なる事を願うのが人間の性だ。天国は「楽界」でなければならない。

人間界は大半の人々の人生で「四海波静」とはいかない。死後の世界を創って考えて置くとすると、生時有限に対して死後無限の世界は天国でなければならない。

天国は人間でなくなった世界であるから苦労などは零、全くない。人間世界、人間として存在しているから苦労がある。人間を廃業、卒業した後での世界は天国だ。

そして天国は楽しい、夢の世界にしておくのが良い。天国を楽しい世界にするには、何が良いか。奇快人は考えた。

奇快人の小生は天国の閻魔大王について取材した一文を以前に書いた。地球人は間もなく全員が一度に天国に行くのは必至である。依って一刻も早く閻魔大王の下で、多忙になる大王の手伝いをしなければならないと考えて居る奇快人だ。

地球にとって、そして地球生物に対して悪行の限りを尽くした人類、人間共は本来の地獄に落ちなければならない存在だ。天国の閻魔大王は心の大きな優しい大王だ。地球生物を全て差別する事なく、全て平等、対等、格差を作らないからこそ、天国と主張するのだろう。

人間共の世界と異次元でなければ天国ではない。閻魔大王に脱帽だ。

生時有限、考え方に依っては一秒にも満たない人生だ。そして人間界は苦界での時間、年月は長い。時間は大きく伸びたり縮んだりするものだ。この様な時間を感情時間という。これも奇快人流の考え方ですぞ。

楽しい時間、嬉しい時間、充実した時間は、最速で通り過ぎて行く。反対の苦界に居る時の時間は、超ゆっくりと通って行く。人生は苦界の時間は長くて厳しいものだ。

浮世、現世が苦界ならば死後の世界を考え、そして創って天国を創造したのが人間共だ。死後の世界を地獄として創っては唯一つの救いが無くなって仕舞う。大きな希望、夢のある天国は極楽浄土でなければならないのだ。

死後の世界は生時有限に対して永遠の無限世界だ。浮世、現世での如何なる「苦界」も卒業後の世界は「唯一つの夢のある世界、天国だ」。これまで以上に魅力溢れる天国像を考えておくのも一興だ。

安楽の世界、極楽浄土だけでは抽象的なので、もう一つの誰もが願うのは、旅立った多くの先輩達に面会する事だ。仮にも先立って天国の住人になった友人、知人、親、親族、恋人などとの再会が望めるならば、天国は大繁盛する事は間違いない。

天国行きを志望し願って居る人々は、世界中でどれ程いるのか。奇快人の予想では一〇億人位ではないかと予測している。

「唯一つの本物の不運、それはこの世に生れ出るという不運」

シオランの名言だ。

世界中の如何なる人間も自らの願望でこの浮世に誕生した訳ではない。「始まりがあった以上はお終い」まで付き合わなければならない破目になったのだ。

高杉晋作は、「面白きこともなきこの世を面白く」なる含畜のある言葉を残している。大半の人々の人生は「苦界の時間は長く楽界の時間は短い」。

人間界に於ける「不条理、理不尽、矛盾」の大きな要因の一つは、人間共が急増したことである。

仮に第一次産業革命が生起して居なかったならば、今の二一世紀も人生五〇～六〇年で千年、一万年前と大した変りはない筈だ。そして老人社会は皆無に違いない。

便利で豊かな近代文明社会は、人間共の希望や願望と反対の不幸社会を創造した。近代文明社会と資本主義が「並行して頂点に達した」。生物を創造した神々を裏切って自ら絶滅への道を走り出した。

本来の目的は、誰もが平和で豊かな生活が出来る社会を目指した筈だ。にも拘らず二一世紀の現状世界は「黄昏領域」の真只中だ。

科学技術の進化、進歩は目覚ましいが、物質文明の進展に重点を置き過ぎて、大きな誤りを犯した。その最たるは、人間の価値観、正義、平等、対等、そして格差を生む元に対する考え方、思想を能力、知力、知恵に活かすことが全く出来なかったことだ。

格差や不平等は、自分だけは特別である事に対する幸福感、優越感だ。

この様な人間能力の転換をしなかった為に現状の世界がある。他人と自らが対等である事がお互いの仕合せ、幸福と考える思想、価値観を子供の頃から普遍的に教育を行ってこなかった。故に必要以上の競争社会を作っている。

人間が人間を不幸、不仕合せにする社会は、科学、サイエンスの力の入力の仕方が根本的に間違って居た。二一世紀の現状では自殺志望者は、どの国も急増している。

天国行きを願って居る人々にとって、死後の世界が、浮世の苦界と同じでは救われない。天国だけは安楽、極楽の世界にする他に選択の余地がないのだ。死後の世界を明快に描いた奇快人だ。

多くの悩める人々の大きな願いは天国に行く道程だ。最短時間で、確実に、そして苦痛を伴わない死に様だ。

奇快人提唱の安楽無痛列車で天国行きの列車に乗る事のみだ。浮世と天国の国境を如何なる苦痛を伴う事なく、通れれば天国は大繁盛だ。

そして人間世界の「不条理、理不尽、矛盾」の黄昏領域から脱出して、人口の急増にブレーキを掛けるのではないのか。奇快人流の考えだ。

初代福岡藩主黒田長政は、「この程は浮世の旅に迷い来て　今こそ帰れ安楽の空」と詠んだ。人生は何人も全て「苦界の住民、苦界の世界」だ。

生時有限、死後無限の世界だ。生前の苦界に対し、せめて天国だけは安楽、極楽にしておくのが最善だ。従って世界中どこでも死後は天国だ。

天国がなぜ天国なのか。死んで仕舞えば、人間でなくなっている。人間でなくなって仕舞えば苦労などは絶対に生じない。宇宙一三八億年前のビッグバン直後に出来た物質の世界に戻るからだ。

人間でなくなって物質になれば真の別世界だ。故に「楽界、天国」だ。

人間でなくなったからにはもう死ぬ事はない。病気になる事もない。お金、マネーを稼ぐ必要もない。自然災害に遭う事もない。人災にも遭わない。煩わしい人間関係もない。一度死んだら二度目の死はない。

その上、仮にも天国に一足先に旅立った友人、知人などに逢えたら天国は益々、魅力一杯だ。

悩める無数の人達は、天国に憧れて急行するのは必至だ。

病院で治る見込みのない病気で苦痛の中での生活はやめて、天国行きが最善である。天国は永遠に天国なのだ。

（二〇二二年六月一五日）

新天国論

人生とは天国を出発して天国に戻るまでの時間、年月がその全てだ

人生のお終いの天国について再度考えてみた。世界中どの国でも、「死」んで仕舞えば宗教、地域を問わず、天国に赴いたと表現するのは共通だ。

人間について、人生について、最後のお終いの天国について、改めて奇快人流の奇想、独想をもって描いてみる事にした。

人生はオギャーと産声を上げてこの浮世に誕生して、「死んでお終い」までの生涯を回想して新しい角度で新天国論を仕上げた奇快人ですぞ。

この浮世に放り出された事実は、消す事が出来ない。この出発とは何だ。即ち出発点だ。

実は出発点の原点は天国だと考えると中々面白い。

何故ならば天国から出発して天国に帰るからだ。天国から出発して天国に、即ち故郷に戻るまでが人生なる生涯だ。

フランスの画家ゴーギャンは、「我々は何処から来たのか。我々は何者なのか。我々は何処へ行くのか」なる長大なる題名の大作を残している。奇快人の小生は、天国について宇宙なる答えを出した。天国とは何だ。それは宇宙だ。宇宙を出て宇宙に戻る。これこそが人生だ。

宇宙とは如何なる存在か。即ち時空だ。空間そして時間だ。地球上の生物で人類、人間共だけに「苦の世界、苦界」がある。人間以外の全ての生物は「過去や未来を考えない」、それ故に苦労は無いのだ。人間と違って大自然の公理、大法則に依って天命で生きて居るから幸福な生涯だ。生↓死までの全時間を天国で暮す一生だ。そして現世と天国の境界はないので安楽な生涯でもある。

宇宙は無の世界だ。人間でないから苦界、苦の世界は無い。無とは何だ。安楽の世界だ。即ち熟睡している状態だ。人生は、天国を出て天国に戻るまでが全てである。天国に戻るまでの年月、時間が人間共だけに存在する「苦の世界、苦界」ですぞ。天国を宇宙を出ない事が強運となる。

人類、人間共なる愚かな生き物は、天下人も乞食も万人が、天国、宇宙を出て仕舞えば全員が苦界の住人となって、考え方に依っては一秒にも満たない生涯を悪戦苦闘して人生をお終いにしている。

天国を宇宙を出発して天国、宇宙に戻る寸前まで自らの人生、生涯を喜んで何の悔いも無い晩晴の心地で天国、宇宙に戻って行く人はどれ程いるのだろうか。

（二〇二二年七月一一日）

天国は無限か

二〇二二年七月末、国連は世界人口が八〇億人に達したと発表した
地球人全員が一度に天国に入国するので天国は大忙しだ

先進国は、全ての国が老人大国だ。老人社会は無いのが理想だ。老人社会は、不幸社会だ。長寿は罪悪でしかない。そして老人社会は人類、人間共の浅知恵が招いた大きな誤りだ。動物として人間として天命なる命の箱まで人為で操作して三〇~四〇年も終点を延長した。

天国の住人になっている人間を、無理矢理に浮世に逗留させて、文明病なる世界に閉じ込めた。延長された時間は治る見込みの薄い難病が多く、長時間の年月を病院なる牢獄で生涯の終点を迎えなければならない破目に追い込んだ。

人類、人間共は、誰もが差別される事のない豊かな、そして、平和で安泰の生活を目指した。残念ながら、現状の人間世界は、人間が人間を不幸にしている。「理不尽、不条理、矛盾」の山だ。

この世界からの脱出は不可能だ。長寿こそが人生に於いて唯一の罪悪だ。何故だ、「当たり前」の事が当たり前に出来なくなって存命して居るからだ。

人間以外の動物なら天国の住人だ。人間共は、自力では生きて行く事が出来ない。自力で生存できない生物で生きて居るのは、人類、人間共だけだ。

動物として人間として「当たり前の事が当たり前に出来ない」とは、如何なる事か。普段の普通の生活が出来ない。即ち死体で生きて居るのが、現実の老人社会ですぞ。死体で生きて居る日々の生活は、言葉や文章では一〇〇パーセント明確に説明できない。

老衰の体になっての日常生活は、一挙手一投足の全ての動作が円滑に運ばない。朝起きるのも大変、食事も面倒だ。洗面所に行くのもトイレに行くのも大変だ。声も出ない、息をするのも楽ではない。歩行も立って居るのもバランスを失って転びそうだ。

天国の住人を無理矢理に浮世に在籍させて、人命は尊重すべきなる考え方は、根本から間違っている。

「この浮世に生を得た事が唯一の大災難」だ。人間世界での安楽は永久に存在しない。天国を出て天国に戻るまでの時間が人生だ、と前に記した。天国を出発して仕舞った以上は天国に戻るまで浮世で暮さなければならない。運命に翻弄されながらもお終いまで生きる事になる。

「始まりの無い」のが強運だ。人生とは「死ぬ為に生まれて来た生涯」だ。

天下人も乞食も、大富豪も貧乏人も、凡ゆる階層の頂点も底辺も、全ては生時有限、生者必滅、死後無限である。これは万人に対して平等であり格差は無いのだ。時間もまた万人に対して平等で格差はない。

浮世は案外と合理的に出来ている。現状の人間世界で経済格差を計算しなければ大きな格差はない。

地球人八〇億人は、間違いなく間もなく地球号なる宇宙船から全員が下船して天国に赴く運命だ。愚か者の集団でしかなかった人類、人間共が犯した重罪を償う事もない侭に自死する運命になった。

一方では毎日が命日なる状況の中でも永遠に生存できると信じ、そう思って居る。明日がある、一ヵ月、一年、百年、千年、万年も、人類が生存できると考えて居る。だから人間共は今も隣人を殺して正義を主張し、戦争なる愚かな行為を飽きる事なく繰り返している。

自然界で単独では生存する事の出来ない、人類に与えられた能力、知力を正しく使う事もなく、二〇万年と少々の年月で、自死する破目となっても反省の一つもしない。

神々の期待を裏切ってまで、自らの強欲達成に邁進し、「全ての事象の頂点」に達して終点を迎えた。天国の閻魔大王は、人類、人間共だけは天国の住人になって欲しくないと考えて居るのではないか。

余りにも多くの罪を犯して来た人類、人間共は、本来ならば、天国でなく地獄に行くべき存在だ。閻魔大王は心の大きな優しい大王だ。天国は永遠に天国として差別はしないだろう。

宇宙なる広大で無限大の世界で、生物の住める星は地球だけだ。人類、人間共は自らの生存権について主張するが、他の生物の生存権は全て人間が決めると考えて行動して来た。何時から人間共は地球上における大王に成り上がったのか、また成り下がったのか。

プーチンと同じで、俺がウクライナ人を殺す権利はあるが、ウクライナ人がロシア人を殺すのは悪だ。この主張と同じだ。人類、人間共の生存権、主権は存在し、他の如何なる生物もその生存権は認めず、生殺与奪の権を人類が支配して当然だと、その様な行動をして来た。

明らかに傲慢で救い様がない。地球上の全ての事象も人類、人間共の為にのみ存在している、そう考えて居る。

宇宙も太陽系も、そして地球も人間の為に存在している事象は、一つも無い。人類、人間共は愚か者で傲慢ゆえに自らの豊かさ、そして利便の為なら全ての生き物の存在など必要ない。その様な考えで近代文明社会を創って満足している。

近代文明社会の完成で、生物の住める地球の環境破壊も限界に達して、自死する運命となった。この一〇〇年位で人類、人間共が得た豊かさ、利便の世界は、全て環境破壊と多数の生物の絶滅の犠牲の上で達成されたものだ。

人間社会での豊かさは、他の生物にとっては、百害あって一利もない。強欲なるが故に辿り着いた世界が「全ての事象の頂点」に上って、自らの巨悪を清算する運命になった。

天国の閻魔大王もこれから大忙しだ。八〇億人の罪人、本来なら地獄の世界に行くべき悪党も天国に迎える。その度量には敬意を表さなければならない。

どんなに愚かでも「お終いの無い始まりは無い」。お終い位は他の如何なる動物にも無い心、精神を取り戻して、天国で少しでも認めて貰う様にして欲しいものだ。助け合う、分かち合う、信頼する、情のある思いやりの心など。

二一世紀の今なる現状に何の反省もなく、そして強欲の中で損得のみを考えて消滅する運命なのだろうか。

（二〇二二年七月三〇日）

天命とは

奇快人の今日なる一日。天国の半住民と心得て毎日が命日だ。

今日なる一日の余命でも悠久の時間だ。

一時間、六〇分でも充分に長い時間だ。


竜宮城を卒業して早くも三年と四ヵ月が過ぎようとしている。八五年にもなる過ぎし日々は、瞬きする一秒よりも短く感じるものですぞ。

竜宮城を卒業する寸前で人生をENDにした人生は幸福者だ。そして強運だ。小生の持論は「人生五〇年満期説」だ。それ故に「短命は幸運、長寿は不運」となる。

奇快人も女房も満期を三五年も超過して生きて居る。唯一の不徳となる。長寿こそが人生で最悪の事態なる認識が必要だ。

人生はないのが一番の強運だが、生まれて浮世に出された以上は、死ぬまで生きるしかない。運命の悪戯は止めて欲しいものだ。

竜宮城内での人生が全てでなければならない。自然界の公理、哲理では生時有限、生者必滅は天命を定めている。

奇快人流に表現するならば、竜宮城内に居る間、時間が天命となる。人間の天命は五〇～六〇年だ。生命を維持する細胞が元気に活動して呉れる時間が天命となるのだ。

奇快人も我が女房殿も、二人の細胞が、

「御主人様、お願いが有ります。これまでの様に働いていく力が無くなって、これ以上は奉公が出来ません。天国に行く準備を急いで下さい」

細胞の忠告が老化現象ですぞ。

竜宮城を卒業した現在は不自由人だ。「当たり前の事が当たり前に出来ない」、これこそが老化、老衰で治す事は出来ない。

強運の天命とは不自由人になる寸前でお終いになる事だ。老化、老衰で生存が出来るのは人間共だけだ。他力を借用して生きて居る。野生動物なら即、死だ。

老化は動物として天命が終わって居るにも拘らず生きて居る。即ち「死に体」だ。真ん中の「に」を取れば死体ですぞ。老人社会とは死体が生きて居る世界だ。人間界だけの特異な世界となる。長寿こそが唯一の罪悪だ。人生は無いのが一番の強運ですぞ。

奇快人も道楽三昧の人生を八一年も過ごして来た。この浮世に如何なる未練もない。竜宮城の中に居る間の生活が、人生の全てでなければならない。動物としての行動の自由がある。そして明日という一日がある。

一年後も五～一〇年後もあると思って居る間が人生だ。だから欲望があるのだ。

希望がある。夢を見る事が出来る。我が身の死などは頭の片隅にも浮かばないし、考えない。老人になる事さえ実は思わない。老化した人間共の日々は本人しか分からない。死体で生きて居る時間は無いのが良い。その日、その日の一日を生きるのは、全てが煩わしい。億劫であり苦痛だ。

先進国はどの国も老人が多く老人社会だ。老人社会は人類、人間共の世界でしか存在しない。老人社会は戦後の一九四五年以降に誕生した。一〇〇年以上前の時代は天命で生涯を終えていた。人類、人間共の天命は五〇～六〇年だ。

天命を超えて生きて居るとすれば、「死体が生きて居る」と表現した奇快人ですぞ。天国に帰って行かなければならない人達が、生きて居るので「死体で生きて居る」と表現した。

故郷に戻っている筈の人達が、生きて居るのは決して楽な事ではないし、また愉しい事は何もない。ただ煩わしいのみだ。一日でも一時間でも長生きしたい等とは考えないことですぞ。生を得たのは災難だ。

この災難から逃れるのは天国に帰るしかない。人間をやめるのが唯一の幸福への道ですぞ。然らばサヨーナラ。お終い。

（二〇二二年八月一五日）

天国か地獄か

天国と老人。地獄を体験して見えたものがあった。

天国について奇快人の小生は数回に亘って明快なる説明をして来た。

人生のお終いの死後の天国と、浮世、現世で体感できる天国と地獄について考えてみた。

竜宮城を卒業した後の「死体で生きて居る」年月、時間では毎日、日々、様々な天国と地獄を感ずる事が出来る。

天国については竜宮城内に居る間と、卒業してからの世界は異次元の世界になっている。

俗世、俗欲、損得、金銭、マネーなどの世界と完全決別してからの世界だからだ。

天国だから天国を感じない。一体どの様な世界なのか。考えた事があるだろうか。「無」の世界で時間を、空間を感じない。それは一時の平穏なる時間だ。

何事もなく過ごせる時間こそが天国だ。青空が澄んで見える。風は爽やかだ。温度も暑くもなく寒くもない。愚かな人間共の欲得世界と無縁になって仕舞ったならば、生きて居る毎日が、実は天国ですぞ。

今日も明日も雨の一日だ。二〇二二年九月二三日で八五年と一ヵ月強も、生きて居るのは奇怏人の小生にとって唯一つの不運だ。

今なる今の心境は一時間でも一秒でも早く天国に赴きたい気持ちで一杯だ。

今朝五時三〇分頃、我が庭でコオロギの鳴き声を初めて聞いた。数匹で静かに澄んだ鳴き声だ。この一瞬も小生は天国を感じた。

蝉の鳴き声は、すっかり聞こえなくなった。そして今年は、蜩の声を一度も聞いた事がない。

トンボが空を舞っている風景は、何ともいえない。長閑で大らかで気分は爽快だ。蝶が舞っている姿をよく目にする。名も知らない小さな蝶などを眺めて居ると、無欲の世界の住人、天国の半住民だ。

死体で生きて居る小生は、竜宮城内に居た時には感じた事のない世界が全て天国に思えてならない毎日だ。

考え方に依っては、人間共誰もが生涯のお終い位は、一日二四時間が何事もなく過ごせる日々が、天国と深く認識して欲しいものだ。

奇快人の小生は、地獄の世界を数回、経験している。その苦しさは言葉や文章では表現できない。その余りの苦しさ痛さに死ぬ事さえ考えが及ばない激痛で、一二時間位の長時間、辛抱して早朝にタクシーで市民病院の救急外来に行った。

タクシーで三〇分も大変苦しかった。息が出来ないのではと思った。医師が応急処置を施してくれ苦痛から解放された。

この時は心から天国を感じた。天国と地獄は表と裏の関係で考え方では親友ですぞ。三〇分位の処置に依って激痛からの解放は、天国が如何なる存在かを教えてくれた。

人間共は所詮、愚か者だ。天国は何時も自らの隣に居る。何時もお隣の友人だ。

「有って当たり前」で、地球生物は「守って貰っている」。何時も守って貰っているから、当たり前で感謝しない。気付かない。

天国も同じでお隣の友人であるから俗世、俗欲の世界で感じる事は出来ない。天国を感じる事の出来る人間は、真実を考える思慮の深い人である。

凡人の人間共は天国を感じるのは困難だが、地獄だけは人間共には「不幸の神々」と同じで幾らでも存在する。人間が人間であるからだ。

お釈迦さんは「人生は苦界、苦の世界」なる名言をいっている。

人類、人間共は、この世に生を得た事が、全員、万人が、男女そして国籍を問わず如何なる人間も、その一生は「苦の世界」と喝破したのだ。

天下人もそして大富豪も乞食も、そして上流、中流、下流も皆が同じだ。何故か。考えた事があるだろうか。人間は死ぬ寸前まで考える動物だからだ。

人間は天国の手前、寸前でも息をしている限りは、お終いまで考える動物だ。他の動物の様に過去を、未来を考えなければ実は苦労などは存在しない。即ち人間の一生、生涯は苦界と共にあるのだ。

この苦界からの脱出は、天国の住人になる以外にない。浮世、俗世、俗欲、損得、金銭からの完全なる離脱、心境に達しても人間共の世界で苦界は付いて回るのですぞ。

多くの賢人達の名言を改めて考える必要がある。

シオラン「唯一つの本物の不運、この世に生まれた不運」。

テオグニス「地上にある人間にとって良い事、それは生まれもせず眩しい陽の光を目にせぬ事」。

「人生は苦界、苦労の世界」と同一の考え方だ。

ショーペンハウアーは「我々は存在すべきでなかった何者かである。だからその存在を止めるべきだ」。

奇快人流にいうと人生は「始まりのないのが強運」だ。

始まりがなければお終いはない。人間に生まれしは唯一の大災難となる。天国の半住人だ。

出来る事なら只今という今にも、天国の本住人になる事が、奇快人夫婦の唯一の願いだ。

そして今、現在は最適なる「死に時」だと考えて居る。

死に時、死に様、そして死に場所だ。去年、そして今年、そしてこれからの短い年月で天国に赴く人々は幸運ですぞ。

人類は「地球上に生存が許されざる存在」だ。

これからの未来は世界中が「有って当たり前」が消滅して、地獄の世界で人類、人間共はお終いを迎える運命だ。一足早く、二足早く、一刻も早く天国の住人になるのが強運ですぞ。

（二〇二二年九月二五日）

生きるということ

ちっぽけな存在

人類、人間共、そして人生について奇快人の小生は、竜宮城を卒業して初めて真剣に対峙して、この三年近くに亘って作家の書けない発想で、文章を書いて来たと自負している。竜宮城の中に居る時間、年月こそが人生の全てである。普段の普通の生活が出来る、当たり前の事が当たり前に出来る、人生での仕合せ、幸福の原点だ。

この様に考えれば実は大半の人々の人生は仕合せ、幸福となるのではないのか。竜宮城の中で生活をしている間だから実は苦労も出来る。ここが重要ですぞ。何故ならば明日という日がある。

そして一ヵ月後、はたまた一年後～五年後と、この先の未来が計算できるからだ。俗世、俗欲の世界でお金、マネーに翻弄され、苦闘しているのも明日以降の時間が計算できるからですぞ。苦労もそして全ての苦難も、竜宮城の中に居るから出来る仕合せと考えるならば、人生も中々どうして味なものだ。

意外と世間は旨く合理的に出来ているのかも知れないのだ。金権、拝金社会で人生を支配するお金、マネーは、竜宮城の中でのみ通用する魔力とパワーを持っている。ひとたび竜宮城の外へ出て仕舞えばお金、マネーはパワーも無く、そして魔力も無くなって仕舞うものですぞ。

巨万の富も単なる紙切れに過ぎない。金貨も銀貨も金属の塊に過ぎないのだ。

世界中の富を全て投入しても難病やその苦痛を零にする事は出来ないのだ。お金、マネーは奇妙な、そして希代な代物だ。

奇形種の人類が作った奇形物質なるお金、マネーは何も考えないで、自然に奇形種族なる人類を奴隷にまでする魔力、パワーを持ったのか。奇形種人類も考えが及ばなかったのかも知れない。

有って当たり前のお金、マネー、無くて当たり前のお金、マネー。人類、人間共は自分だけの便利さ、豊かさ、快適さを求めて、前へ前へとひたすら進んで近代文明社会を創ったが、人類、人間共は、本来は地球人として全員が差別も格差もない、そして平等、対等、公平な社会を目指した筈だった。

残念ながら、現状の世界は理想とは裏腹の「理不尽、不条理、矛盾」の山だ。二一世紀の今はデジタル社会で、遂に近代文明社会も頂点に達して、その終末を迎えている今日この頃だ。

死体で生きて居る奇快人から眺めてみれば、人生は意外と旨く出来ているのではないのか。要は自らの頭で考える思考世界を深耕して鍛錬すれば、お金、マネーと決別し、分離して考えれば、かなり人生も社会もまんざら捨てたものではない。

お金、マネーを人生の目標から無くして仕舞えば、格差その他、お金、マネーを視界に入れなければ大富豪も大金持ちも他の分野、世界では対等である。

貧乏人も乞食もホームレスの人間も、お金、マネーを対象から外してみれば、時間も万人に対して平等だ。病気、自然災害、その他諸々の人災、事件、そして健康、命の箱の大きさは万人に対して総じて平等であり対等だ。

大富豪が長寿とは限らない。病気にならない、その様な事は決してない。

自然の災害に遭遇するのも対等だ。そして時間は万人に対して平等だ。人間がお金、マネーに支配される事もなく、生きる術を得るならば、大富豪と較べて遜色のない人生を過ごす事も可能だ。

お金、マネーは竜宮城の中では絶大なパワーと魔力を発揮するが、人生は万人が竜宮城を卒業しなければならない。一度、竜宮城の外に一歩でも出れば、お金、マネーの力、パワーと魔力は限りなく零になって行く代物だ。

即ち大富豪も大金持ちも竜宮城を卒業して仕舞えば、考え方では大富豪も貧乏人も乞食も同類の様なものですぞ。

人生は自らの頭で考え知恵を蓄積すれば、案外というか意外と表現するか、合理的に出来ているのではないのか。

人生とは「死ぬ為に生まれて来た生涯」だ。自らの人生は、自分自身の一度だけの人生だ。お金、マネーの束縛から脱却して、世間体や周りとの比較を止めて視界に入れなければ、大富豪、大金持ちと較べて遜色のない人生だ。

奇怏人は考えていますぞ。上流を望まず底辺での人生で愉悦の境地に達してこそ、人生は豊穣だ。

人生はどうしてなかなか上手に出来ているのかも知れないのだ。人生では多くの人間達が、それぞれが位置する場所で最上位と最底辺がある。底辺の人間共は上位を目指して走るのが自然だ。

然らば最上位の人間達は心から仕合せ、幸福か。

底辺の人間共から視れば羨ましい夢の様に見える人達だろう。「王様と乞食」が入れ替わっての童話、物語があった。結論は、王様は王様に、乞食も元の生活に戻って、安心し安定する。その様な筋書きだ。

万人に対して「生者必滅」は平等であり、そして格差はないのだ。

時間こそが重要であり、時間も万人に対して平等だ。「始まりがあれば必ずお終い」がある。この「お終いがある」これこそが、自然界の公理であり哲理である。このお終いこそが救いであり希望であり夢だ。

人生のお終いの位置に着いての心境は、人生は既に終わって居る。人生が終わって居るのに生きて居る。即ち「死体で生きて居る」、その様に考えて一日一日を暮らして居る奇快人だ。今日なる一日が毎日、命日だ。

貴方の命は、今日限りの一日ですよと宣告されても、喜んで結構ですと即答するだろう。人生は「一場の夢だ。シャボン玉の泡」、一日二四時間も一〇〇年、一〇〇〇年、一万年、そして一億年も過ぎて仕舞えば全て零だ。依って今日なる一日は無限大なる雄大な時間だ。

現状の日本人は人間として動物として人生を遊び社会と考えて、老若男女、国民全体が金権、拝金、人生がお金、お金、お金で、金毒が全身に染み込んで脳性麻痺になって仕舞っている。

朝から晩まで踊って歌って走り回って、大騒ぎしている国民、国家は日本だけではないのか。

全国民が「呆けて」、流行語で表現すれば、国民全体が認知症患者になって仕舞っている。苦楽も吉凶も一本の線上の両端だ。必ずや反対側に帰り着いて、長い暗闇を彷徨う運命だ。

朝から晩までテレビコマーシャルに出演して、馬鹿騒ぎ演技をしている人間共は、どれ程いるのか。老若男女数千人～一万人位は居るのではと考えている。

馬鹿騒ぎ、馬鹿演技を本気でして職業と考えている金毒患者は、実に楽しそうに大笑いをして踊って歌って走り回っての人生を如何に考えているのか。

表現の自由だ。法に触れている訳ではない。正当な権利と主張する人達の頭の中は何処で狂って仕舞ったのか。

俳優として、また役者としてかなり存在感のある人物が居る。お金が無くて生活に困って恥を忍んで、馬鹿演技をしている訳でもない。堕落産業の張本人、役者としての罪の意識など全くない気の毒な輩ばかりだ。

そして多くの非芸人、即ち芸もない非芸人共が芸能界の主役であり、大勢いる。芸のない非芸人達は総じて金満で頭の中は損得世界の算盤人間ばかりだ。

この様な人間共に道理を問うても反省する気配はない。良識はないものと考えなければならない。

戦後の七七年間なる短時間で、人間としての美徳、良心、正義、道徳、倫理を忘れ、放棄して反省もしない。法の前に守らなければならない王道、即ち正義を捨て去ったのが日本人だ。

戦前までは社会保障なる制度は無かった。庶民達は誰もが自分の力で生きて来た。貧しい庶民達は、何時も当たり前に義理人情の世界で助け合い、相互扶助こそが大きな力であった筈だ。家族、その一族、近所の人々、そして多くの仲間達、貧しい人生の中でお互いの思いやりで助け合った。これこそが人間の世界だ。

現状の社会は「全ての事象も頂点」に達して絶滅寸前だ。

奇快人の小生は毎日が命日だ、と考えて一日を生きて居る。人類もそして日本人も実は既に毎日が命日である。

人々は、その位置に着地している認識がない。生物の中でお終いのお終いに誕生したのが人類、人間共だ。生物を創造した神々の唯一の大失敗である。生物中の唯一、奇形種なる人間共を地上界に送り出した神々は、その罪の大きさに驚き、そして迷惑しているに違いない。

利口に見えても本質は馬鹿部分が大半だ。神々が望んだ人類、人間共の姿は、奇快人流に考えると次の様な世界ではなかったのか。

最弱生物なるが故に与えた能力、知力を、最大限発揮して地球環境を破壊する事もなく他の全ての生物と「共生」を主眼とした共存、共栄、共立、共助、平和で豊かな社会を創ることを望んだのではなかったのか。

地球生物の全ては、地球上に住まわせて貰って居る事実を、素直に深く認識する必要がある。人類、人間共は近代文明社会を短時間で作って、そして金権、拝金社会を作って、人間が人間共を不幸にしている。

所詮、人間共は愚か者だ。能力、知力の使い方を誤って強欲が知力、知性、そして知恵を大きく上回って自らの命の箱を零にした。

奇快人の小生の考えでは、人類、人間共は既に毎日が命日であるといえる位置に到着している。

奇快人の小生も毎日が命日だと悟っての日々だ。明日が来ないのも強運だ。今なる今日の一日の命でも長すぎる人生だ。

そして考え方では人生は一秒にも満たないと考えれば、一時間を生きて居ればなんと三六万年も生存した事になる。従って一日二四時間は八六四万年を超える計算になるのですぞ。

人生とは「生者必滅」で、必ずお終いは、万人に対して平等であり公平、対等で格差もない。

人生の達人は「お終いのお終い」で命に対してもその他、俗欲、俗念、お金、マネーなど、全ての事象に対して、如何なる未練も毛頭なく旅立つのが至福となる。

お釈迦さんは「人生は苦の世界、苦界」と主張して居る。

人生の苦とはどの様なものか。

人間共の世界で生じる苦と、その他の地球規模の災害に依る苦がある。そして苦の大部分を占める病がある。人間共の世界で生じる苦にも、戦争などに依る大苦難、そしてその日の命も定かでない日々もある。

人生は本人の意志では抗う術のない運命に支配されている。生まれての大半の時間、年月が、戦争状態になっている国で出生した人生、文字通りのこの浮世に生まれしこそが大災難だ。

人類、人間共は毎日が命日を迎えている。中でも、その認識がなく、今日なる現在も隣国との殺人ゲームに余念がない。殺人ゲームをさせて貰って居る。平穏な時間を考えない愚かな者どもだ。

戦争の主な理由に領土問題がある。どの国も我が国の領土は一センチといえども侵略は許さないと主張する。領土とは何だ。人間共が作った領土など、宇宙から視れば存在しないも同様だ。

大きくは宇宙が、そして天の川銀河、その中の太陽系、太陽系惑星、地球が数十億年の年月で築いた大地であり、海であり、大気であり、また大山脈、大河川などだ。

人間は一センチの大地を作る事もなく、そして小石一つも生み出せない。勝手に住んで居る場所を線引きして、自国の領土と主張して居るだけだ。

地球人としての統一された正義や思想が全くない。人間共が自ら作った社会は、人間が人間を苦しめる世界だ。人間共の敵は人類、人間共だ。又、人類、人間共を滅ぼすのも人類、人間共だ。

と主張して来た奇快人の小生も人生の終点に着いて毎日が命日だ。

何の悔いも無く、この浮世に些かの未練もない。今日なる一日の余命は長すぎる位の超大な時間だと考えている。

「始まりがあってお終いがある」

人類、人間共も奇快人と同じ位置に着いている。認識をしようが、しなかろうが、毎日が命日である事に変わりはない。宇宙単位で考えれば一〇〇年、千年、万年も瞬きする一秒よりも短いのだ。

地球生物、五億四〇〇〇万年の歴史の中で、二〇万年位の短時間で絶滅するのは人類、人間共だけだ。

神々が間違えた奇形種なる人類、人間共は、他の生物界から視れば、全て奇形世界、奇形価値観、そして奇形物質を作って、自滅したと後世に伝えられるのだろうか。

（二〇二二年三月一五日）

随想風に

（一）

二〇二二年三月四日桃の節句が昨日で過ぎた。

毎日が命日と考えて、その日一日を何とか生きて居る。竜宮城を卒業して早くも三年近い時間が去って行った。今の奇快人は「死体で生きて居る」心地だ。

普段は午後の八時頃に床に就く。目覚めは午前四〜五時の間が多い。その間の八、九時間が、考え方に依って「天国に行って帰って来た」。その様な心理ですぞ。

天国に行って帰って来るとは、熟睡状態の二、三時間が天国に居た時間だ。目覚めまでの数時間は熟睡している時間、そして夢を見ている時間、頭の中で夢想している時間、ぼんやりウトウトしている時間などだ。

数時間の天国での時間が、長く続けば人生で最良の日となる。

「オメデタク命日で浮世からはさようならだ」

一夜の夢は、毎夜毎夜、天国と浮世を往復しているのだ。これも中々どうして中々痛快だ。我が命、只今をもって終了もまた痛快だ。朝の目覚めまでの一〇時間前後の時間は、どうして中々楽しいものですぞ。

我なる自身の死に様を考えて、楽しんで居る人間が他に居るのだろうか。俗世、俗欲を卒業して仕舞った今は、知的冒険のみが唯一の娯楽であり、愉しみだ。

（二）

毎夜、奇快人の小生は午後八時頃に床に就く。そして翌朝の五～六時に目覚める。この一〇時間前後の時間は楽しい時間だ。そして悠久の時間だ。人生は短い、過ぎし年月、時間は全て夢だ。一〇〇年を一秒と考えれば一時間は三六万年だ。即ち一日二四時間を生きておれば八六四万年も生きた事になる。

余命が一時間でも一日でも、奇快人流の考え方では充分すぎる時間ですぞ。人生の全てがお終いになって如何なる未練も無ければ、余命などは取るに足らないものだ。

夜に床に就き翌朝の目覚めがなければ、強運なお終いだ。メデタク天国の本住人だ。

寝付きの悪い夜もある。これも中々楽しいものだ。

死後の世界、そして浮世の人間共の未来像などを考えて居ると、眠るのを忘れて仕舞うものだ。

夢を見ている時間、即ちうつらうつらしている時間だ。数時間は熟睡している時間だ。この熟睡している時間こそが天国で過ごした時間となる。お判りかな、かなり難しい、そして判じがたい。

毎夜、数時間を天国で居住させて貰って居る。そして遊ばせて貰って居る。天国の半住民である事は、天国での生活の予行演習をしている様なものだ、と考えて居る奇快人だ。余命が一時間でも一日でも長すぎる時間ではないか。

奇快人流の死生観ですぞ。

死にたくないと、この浮世に未練たっぷりで死んでいく人々が、大半ではないのか。人生は「死ぬ為に生まれて来た」人生だ。そして「一場の夢」だ。人生のお終いも良い夢で終わって欲しいものですね。

色々な分野でその道の頂上に登って、華やかな煌びやかな人生もある。しかしだ、超有名人になった多くの人達も、人生のお終いは総じて悲惨なお終いが多いのも事実ですぞ。全てはお終いが一番の要ですぞ。

（三）

「一日一生、日々元旦」毎日が命日だ。

人生は死ぬ為に生まれて来た。どの様な死に様が良いかは自ら決めなければならない。生は制御できないが、お終いの死は自らの意志で存分に出来る。

愚かな人間共だが唯一つの利点であり救いだ。奇快人の小生は人生のお終いを病院に頼らないで、自らのお終いを自ら決めた方法で、確実に一〇〇パーセント失敗しないで完遂しなければならない。

万が一の失敗も許されない。何故ならば失敗すれば、我が人生のお終いが病院や医師などに委ねられてしまうからだ。苦しみの時間、苦痛の時間を最小にして一〇〇パーセント完遂しなければならない。失敗は悲劇である。

日本では自殺、自決、自死は戦前までは「首吊り」が常道であった。余程の事が無い限り失敗はない。しかも合理的で短時間で天国に行く事が出来る。

死体で生きて居る奇快人は、案外、意外と早く天国に到着するだろう。

何と言っても、「死体で生きて居る」奇快人などは、二、三分で確実に天国の閻魔大王の処に着く筈だ。この浮世に長逗留して、もはや肉体が抵抗する力すら無いからだ。

病院で本人の意志を無視して、施される医療行為は拷問そのものだ。最先端の医療技術や医薬品を使ってまでして生きる必要は全くない。そして価値もない。

「お終いの無い始まりはない」

人の命の箱は有史以来、せいぜい五〇～六〇年だ。

天命が過ぎている人生を操作しての延命は、大自然の公理、哲理に反している。これこそが犯罪であると考えて居る奇快人だ。

この浮世に生まれしが災難だ。人生は死ぬ為に生まれて来た人生だ。そして人生は一場の夢だ。

故に短命は幸運、長寿は不運。人間共の考えられる凡ゆる最先端の医療行為や技術も、お終いを無くすのは不可能ですぞ。

奇快人の考え方の根本は、天命を超えての人生で病を治す事は考えない事だ。まして老人達は今や天命を超過して生きて居るからだ。即ち「死体で生きる」現状の社会だからこそ無理に生かして貰って居る。ただそれだけの事に過ぎない。

動物として生命、即ち命が無くなって居る中で生きて居る。自然界の公理、哲理の中で行くべき時には行くべきである。

日本は世界一の老人社会だ。老人社会は無いのが理想ですぞ。人生は竜宮城の中にいる時間が人生の全てである。竜宮城を卒業してからの人生はないのが、強運というものだ。日本人は幾歳になっても死について考えない。万人が例外なく死んでお終いだ。考えなくても怖がっても仕方がない。

奇快人の小生は人生のお終いの死は、人生で最良の日と定義した。ご愁傷でなくオメデトウだ。祝意をもって祝福すべきだ。

人間の廃業は人間でなくなる事ですぞ。

凡ゆる苦労、苦難からの完全なる解放だ。人間が人間でなくなる事は如何なる事か。即ち物質になる事ですぞ。

物質に苦労や苦難は無い。何もないとは如何なる事か。少々判じがたい。宇宙なる時空の原点に戻る事だ。故にオメデタイ、そして祝意の日だ。

一三八億年前の無から誕生した宇宙なる時空の原点に回帰する事だ。

人生のお終いの死は、壮大なロマンに満ちた旅立ちですぞ。喜んで出発進行して欲しいものだ。

（二〇二二年）

奇快人の今日なる一日

何故にこの俺が生きて居なくてはならないのか。そして生きて居るのか。生きて居る事実が唯一の不運、不仕合せと考えて居る。人生が無いのが、心の底から強運だと考えている。

竜宮城を卒業して早くも三年と二ヵ月が過ぎた。そして間もなく八五歳の本物の老人だ。また老衰老人で毎日が命日で、今日なる一日で人生を終了できるならば、喜んで閻魔大王の国、天国へ直行したいと何時も考えて居る奇快人だ。

「人生五〇年満期説」が理想と主張して来た。そして人生は「苦の世界、苦界」だ。その様な訳で奇快人の小生は「短命は幸運、長寿は不運」と何度も記して来た。

満期を三五年も超過して生きて居る。唯一の不徳、不運だ。竜宮城を卒業してからの人生は無いのが理想であり、また強運だ。

普段の普通の日常なる生活が出来る時間、年月こそが人生の全てであり、そして仕合せ、幸福と考えなければならない。

その時間、年月とは、自然界が付与した天命なる時間だ。人間共に与えられた年月、時間は、有史以来五〇～六〇年だ。

奇快人の小生も女房も自然界の法則を既に超過して生きて居る。道楽三昧の人生を八一年と半年位に至る人生旅路こそが実効人生ですぞ。

人間以外の生物は自然界の公理、法則の中で天命なる時間に達すれば、自然に何の苦も無く生涯を終えて「全ては土」に戻って行く。人間に較べて他の動物、生き物は過去や未来そして夢を見ないから苦労は無い。

人間共から見れば真に幸福な生涯を、生から死まで天国で一生を過ごす生涯だ。

人間共は浅知恵の為に能力、知力、知恵の使い方を、根本的に誤って近代文明社会を作った。天命まで人工的に操作して三〇～四〇年も命の箱を大きくした。

終点を延長した時間は、不幸社会を作って病気で過ごす時間となった。浅知恵で行ってはならない領域を作って、文明病なる癌や認知症と同居させられて、苦痛の時間を人生のお終いまでお伴にされて、地獄のなかでの結末になった。

天命の操作によって戦後になって世界中が老人社会になった。老人社会は無いのが理想だ。そして僅か七〇～八〇年前は老人社会など存在しなかった。即ち他の生物、そして動物達と同じ様に大自然の公理、法則の下で生存して来た。

奇快人が考えるのは、普段の普通の生活が出来る、竜宮城内に居る間に人生をＥＮＤとするのが強運だ。元気な内に人生をＥＮＤするのは強運だが、至難である。

何故ならば、如何なる人間も自らの死など考えて居ないからだ。老衰の体になる前に人生を完了させるのが最善だが、思う様に行かないのが人生だ。

奇快人の小生はまさか俺なる存在が老人になって、然も老衰人間になって生きて居る事などは思いもしなかった。そして考えもしなかった。長寿こそが悪だ。

この年齢になると友人、知人等に関する情報は暗い話ばかりだ。癌で手術をした話や多くは高血圧、心臓病、認知症、その他の病気が無くても、八〇歳を過ぎると普段の普通の生活が出来ない。筋肉、筋力の衰えは強烈で日常の生活が出来ない。

死体で生きて居る日々の日常は只今、直ぐにもＥＮＤにしたいものだ。一時間、一日でも長生きしたいなどの考えは浮かんでも来ないものですぞ。

明日が来ないのが強運だ。そして奇快人の結論は「人生は無いのが至福である」「始まりが無ければお終いは無い」。人間に生まれないのが真の善であり幸運だ。

死体で生きて居る日々の明日なる未来は、「不幸の神々ばかりだ」。一〇〇歳まで頑張って生きたいと願って居る人達も居る。その様な人達は、現状竜宮城の中に居るからだ。そして竜宮城は必ず卒業しなくてはならない。

二〇二二年六月二七日、連日三五度以上の猛暑の日々で、「死体で生きて居る」奇快人と我が女房は、寒さよりも暑さの方が体に対する負担が大きい。

毎日が命日と考えて、女房と何とかその日を生き延びている日常だ。そして死時としては最も良い時期を迎えていると考えて居る。

一日長く生きるのは「不幸の神」との対面があるのみだ。長寿こそが悪だ。人間に生まれたのが本物、唯一の災難だ。

人間世界からの脱出、解放は死あるのみだ。死んで仕舞えば永遠に天国だ。一度死んで仕舞えば、二度死ぬ事はない。

そして人類、人間共に明るい未来は永久に無い。人類、人間共は全員すべてが、地球上からの退場は一〇〇パーセント確実であるから、その前に人生を完了させられるのは幸運と考えるべきだ。そう考えて居る。

（二〇二二年六月二七日）

最後の希望

お終いの「死」について多くの人間達は、深くも浅くも殆ど何も考えて居ない。ボンヤリというか何となく楽に死にたいと考えて居る。昔から言われている「ポックリ死」だ。奇快人の小生は人生でお終いの「死」は最良の日と定義した。天国に戻る良き日は、オメデトウと祝意を表すべきであると考えて居る。

然らば葬儀は似合わない。賑やかな送宴を行うべしと主張したのだ。七五歳以上の高齢者のお終いは、葬儀は止めて送宴を定着して欲しいものだ。

形式文化、形式人間社会の日本では実際問題としては困難だろう。送宴が定着する様な世界になる前に、人間共はこの地球上から存在しなくなっている、と思われるので残念ながら、実現はしないと考えて居る。

奇快人の如く「死体」で生きて居る毎日で考えるのは、多くの哲人、著名人が主張した如く「人生は無いのが善で、人生を有するのが悪」だ。全くもって同感だ。

どんな上流の煌びやかで優雅な生活も、人生の中での一瞬の出来事に過ぎない。良き時間は最速で通り過ぎて、瞬く間に消滅するものだ。頂上の平坦は無いのだ。

「幸福の美神」は決して長く逗留して呉れない。一方の「不幸の神々」は何時も、そして絶えず訪れる神々だ。しかも「不幸の神々」は長く定住して、人間共を苦しめる達人だ。

人生のお終いの「死」は、万人にとって唯一つの夢であり、希望であると考えて居る。全員が差別される事もなく天国に戻れるからだ。

人生の浮世、苦界からの完全脱出は、人間が人間でなくなる事に依ってのみ実現する。人間が人間でなくなるとは何だ。

「死」ぬ事ですぞ。

「お終いの無い始まりは無い」

天国こそが「始まりのお終いの終点」で永遠の天国なのだ。人間として生きている限り苦の世界から出られない。人間が人間でなくなって仕舞ったならば、苦などは有り得ない。人生のお終いの最後のお終いが天国であってお終いの夢と希望だ。

死体で生きて居る毎日は三苦の日々である。天命を超えて生きて居るから死体で生きて居るのと同然なのだ。

病魔と毎日一緒に暮らして居る苦労、苦痛、そして苦難の三苦の世界で、天国に戻るまでの年月を過ごさなければならない。

長寿こそが罪悪だとの考えで、病魔君はお終いまで同居して離れて呉れないからだ。病魔君が去って行くのは天国に戻った瞬間からだ。幸いに必ずお終いはやって来てくれる。天国の住民になれば、永遠の楽園だ。

人生最良の日ではないか。天国は永遠に天国で、人類が絶滅するまで存在している。愚かな人間共にとって唯一つのお終いの夢であり希望だ。

（二〇二二年一一月二五日）

総集編としての人間論

人生の存在は善か悪か。人間に生まれしは災難か。人生の長寿はなぜ罪悪か。

人生はなぜ生涯が苦界、苦の世界なのか。老人社会はなぜ出来たのか。

人類は文明社会を作って仕合せ、幸福になったのだろうか。

人類はなぜ自力で生存出来ない存在になったのか。

そして自力で考える事が出来なくなって仕舞ったのか。

人類は絶えず戦争をしている。人類はなぜ同族なる友人、知人、隣人を殺すのが好きなのか。

人類はなぜ生物史五億四〇〇〇万年の中で最短最速で退場を迫られているのか。

この先、人類はどの様な未来があるのか。そしてその未来はどの様な姿をしているのか。

人類、人間共が他の生物と異質なのは何故だ。その根本は、人間共は最弱の生物で、他の生物と対等の立場では生存が出来ない。

人類、人間共が生存できたのは人間共に「過去や未来を考える」その能力、知力、知恵を神々が与えたからである。

人類なる生物種は生物界、即ち自然界に於ける唯一つの特異な生物、動物だ。

人類、人間共はなぜ自決しなければならない道に迷い込んだのか。

自ら望んだ訳ではない筈だ。欲が欲を呼んで理性を大きく上回る状態になって仕舞ったからだ。人間が人間の力で自らの欲の制御が出来なくなった。

欲、強欲、我欲が理性を追い出した。そして理性は埋没して戻る事はない。滅びるべくして滅び行く運命は自らが選択した。人生は「無いのが強運」だ。人生は生死である。「生⇕死」矢印の長さが生涯ですぞ。

年月の長短に意味はない。別な表現をすると「天国⇕天国」だ。前述の「生⇕死」と同じになる。

奇快人の小生は「人類は地球上で生存が許されざる存在」になったと主論を述べて来た。その論理は「全ての事象で頂点」に達した為であると考えたからだ。予測でも予言でもない正当な理論であると自負している。

二一世紀の現在は、人類が自ら存在できない世界を作った。そして、その事実に気付かない。人類は「存在すべきでなかった存在」だ。そして遂に「存在が出来ない世界」を作った。

宇宙一三八億年、太陽系、そして地球四六億年。

その様な時間軸で考えてみれば、地球生物そして人類などの存在は取るに足らない無の様なものでしかない。人類は自らの存在を否定しながら、その認識がなく欲の世界を猛進中だ。馬鹿と煙は天まで昇る。

短時間で人口が一六〇〇倍になっただけで、絶滅は避けられない運命だ。

人口の急増はなぜ起きたのか。文明社会を作らなかったならば、人口の急増は起こり得ない。人類、人間共が文明社会を作らなかったならば、温暖化現象なる気象災害も有り得ない。そして人口の急増もない。

地球環境の破壊もなく、天命に逆らう事なく自然体で生きて居る事に満足して居たなら、動物として人間として真の豊かな人生が送れたのではないのか。その様に考えて居る奇快人ですぞ。

諸悪の根元は文明社会を作ったこと、それが唯一つの大失敗であった。文明社会は温暖化や人口急増の原因を作った。そして人類、人間共は自ら絶滅への扉を開けた。

文明社会が出来たのは、人類、人間共が他の生物にない能力、知力を神々が授けたからだ。過去を考えて未来も考える。そして先々の夢を見る特異な動物であるからだ。

この奇妙で希代な生物は自分さえ良ければ全て良し、その様な考え方が強力で、利己主義のエゴイスティック生物だ。欲呆け集団の人間共は、自分だけが生存して居れば他の生物は必要ない。そんな傲慢な価値観で生きて来たのだ。

人類は「全ての事象の頂点」に達している。現状は最早「生存が許されざる位置」に着いて居る。自らの存在を自ら否定した。

人口が一万年強の年月で一六〇〇倍に急増した。他の生物ならば確実に既に絶滅した生物となる。無数の数えきれない生物を絶滅させて来た人類だ。一度絶滅した生物を元に戻す事は出来ない。

人類も他の絶滅した生物と同じで、元に戻る事は不可能だ。

最弱生物なる人類は自然環境の中で、他の生物と同じ様に適応して生存できない。他の生物と同じ土俵で生存できない人類は、別の生き方を模索するしか手立てが無かったのだろう。

豊かで便利な社会を夢見て文明社会を作った。神々が与えた能力、知力、知恵で正道、王道を歩まなかった。

人類の能力、知力が真に優れていたならば、他の生物と「共栄、共生、共立、共存」なる王道を辿って、生物界で真の優等生になれたのではないのか。奇快人の小生は考えて居る。

自然界で生存できない弱き人類が二〇万年も生存して来た。そして二〇万年しか生きられなかった。その大元はなんだ。全ては自分本位、利己主義、欲得、金銭、マネーに心、精神を売った事。自分達の力で生きて居ると勘違いした事。

地球生物の全ては人類も含めて宇宙、太陽系、地球のネットワークによって生存させて貰っている一員に過ぎない。

前に述べた動物園で飼育されて保護されている存在でしかない。大自然の中で適応して生存が出来ない。それ故に文明社会を作らざるを得なかった。文明社会を作ったのが間違いではなく、その作り方を間違えたのだ。

自分だけの豊かさ、便利さのみを最優先して、環境、他の生物に対する配慮をしなかった。自然界は合理的に出来ているのだ。一種族の為に存在している訳ではない。「持ちつ持たれつ」の世界が鉄則なのだ。人類は持ちつ持たれつの精神を忘れて、自分だけの利益を優先して失敗した。

利益、効率、最短時間を目指して頂点に達した。自滅する破目になった。生物の住める楽園を、生物の住めない世界にして、自らも生存が出来ない世界を作った。

人類が真に賢く、そして未来を展望する能力があったならば、環境破壊もなく、そして他の生物との共生、共存、共立、共栄を考えた方策を最大限に活用して、文明社会を作ったならば、現状とは別世界が拓けた筈だ。

「覆水盆に返らず」全ては自業自得だ。天にした唾は、自らの顔に降るものだ。自らの運命を自らお終いにした人類は、賢い生物ではなかった。

（二〇二二年一二月一一日）

奇快人の死亡広告

岩石院独行正道居士と称した、奇快人なる希代な老人が、二〇二X年Y月Z日に念願が叶って故郷である天国、宇宙に目出度く到着しました。死亡原因は嬉自死と生前、この老人は語っていた様です。

友人の話――

この希代な老人は、何時も絶えず毎日、一日二四時間、死に様、死に場所を考えていた。然もだ、楽しんでいたのも事実の様です。

時間の経つ事さえも忘れて、凡ゆる死に様を想像していた様だ。

死に様で重要なのは、如何なる死に方をしたのか、のようだ。最強の死に方は奇快人なる老人にいわせると、即死が一番良いと主張して居た。

死に様は百人百様、皆ちがう。

即死なる死に様は通常は世間では悲劇と評される。遺族にとって何故にこの様な死に方になって仕舞ったのか、全くもって理解できない。怒りの持って行き場がない死に方になる。

しかし、現実問題として、死に様としては決して不運ではない。天国に戻るには大きな関所があって、天国に着くまでは苦痛、激痛の長い時間を送らせられる。

しかもお終いを病院なる牢獄で拷問を受け続けてから天国に着く人々が大勢ですぞ。奇快人なる老人の死に対する哲学は、病院でのお終いは絶対にしてはならないと日頃から語っていた。

天国からの出発は万人が制御できない。天国に戻るのは、人間だけは本人の意志に依るが、結末だけは自ら決める事が出来る。

この老人はシオランの名言の如く「たった一つの本物の不運、この世に生まれる不運」と同じ考え方をしていた。

「人間に生まれしが最大の災難」と考えて居たのだ。従って「長寿は不運」そして短命こそが強運と考えて居た。

死に様は即死、事故死、自然災害死、不慮死など各人それぞれ違って居る。奇快人なる老人は、人生のお終いは人生に於ける頂点に達した頃合いでＥＮＤを迎えるのが強運と考えて居た。その一方で「あんなに若くして元気」であったのに可哀想だねと言われる死に様はなかなか良いと思って居た様だ。

人生一〇〇年時代は、不幸社会であると何時も語っていた。長寿は罪悪であると強い信念を有して居る、と友人に語っている。この老人の考え方は俗人共から眺めてみれば、やはり奇快人なのだ。

奇快人の人生観は人生を二層に分けて考えて居た。

人生は「竜宮城の中にいる間」が人生の全てでなければならない。「竜宮城を卒業」する手前で、人生をお終いに出来た人生が真の強運な人生であると語っていた。どの様な事なのか。

動物として人間として「当たり前の事が当たり前に出来る」間が人生の全てでなければならない。人生は死ぬ為に生まれて来た。

「お終いの無い始まりは無い」

この老人の口癖であった。かの老人は死に様、死に方について全方位で考えて居る。理想的には即死が最強と考えて居た様だ。

古今東西どこでも、そして誰もが楽に苦痛の無いポックリ死を願うものだ。

短時間で苦しみの無い死に様こそが、人生でお終いの強運となる。

この老人は死に様として安楽な死に方についても良く研究して居た様だ。

彼は凍死が出来るならば最善の死に方と評していた。体を傷つける事もなくそして眠った状態で安らかに天国に戻れると考えて居た。

世間では不運とか言われるが、この老人に言わせると熱中症での死亡も、老人にとっては強運の死に様になると考えて居た。

凍死と同じで体を傷つける事もなく、気を失ったまま天国に行く、これまた安楽の死に様だ。

その他、餅を喉に詰まらせての窒息死も、天国に戻れる死に様として高い評価をしていた。奇快人なる老人は真にもって希代な老人であった様だ。

彼は「死んだ日、命日」が、人生で最良の日と考えて居た。葬儀はしない。賑やかな送宴を行うべきと考えて居た。

若い芸者達の綺麗所を招いて笛、太鼓、三味線で派手な送宴を行う様にして貰いたいと家族にも語っている。

そして生前葬として自ら主催して行う事を考えて居た。残念ながら病で出来なくなったのが唯一の悔いかも知れない。死んだらオメデトウだ。誕生日は御愁傷様とも語っていた。

天国に戻った良き日は、日本全国で多くの人々が派手な、そして賑やかな送宴を行って、これまでの葬式は止めて欲しいものだと言って居た。

この老人のもう一つの大きな特徴は、人生で一〇〇年を一秒であると考えて生きて居た。従って余命一日と言われても彼にとっては長い時間となる。

一〇〇年を一秒で計算すると、一時間は三六万年となる。一日二四時間は何と八六四万年生きた事だと言っていた。従って貴方の余命は一時間と宣告されても悠々の時間だ。

この様な考え方をしていた。長生きしたのが我が人生で唯一つの不運であると「お終いのお終いまで」考えて居た。

やっとの事で念願が叶って天国に戻るのだから、奇快人らしく「嬉自死」と命名したのだ。喜んで誰もが、万人が天国に戻る準備をして、出発して貰いたいと語っていた。

高杉晋作の歌「面白きこともなき世を面白く」を地で生きた老人の様だ。

良寛和尚の句「チルサクラ ノコルサクラモ チルサクラ」は、人生を森羅万象について見事に見抜いている。

天下人になろうとも又、乞食であろうとも人生は有限だ。生者必滅は天が、神々が与えた英知である。

深い愛情である、とこの老人は思って居た。

奇快人なる老人に言わせると所詮、人間万人は愚かな生き物である。天下人の煌びやかで優雅な人生も、達成して仕舞ったならば、それが「有って当たり前」になって仕合せ、幸福を感じない。

それ故に人生を楽園で過ごすのは出来ないとも、この老人は語っていた様だ。

人間共は死の寸前まで考える生き物だ。だから生きて居る限り、悩みがあると語っていたのだ。

お釈迦さんはこの事を見抜いて居たので、「人生は苦界、苦労の世界」と主張したのだろうか。

かの老人は自らの人生、そのお終いについて「嬉自死」と語っている。

自殺、自決なる言葉を使って居ない。自ら喜んで天国に行く。この老人は全てに於いてお終い、死があるのは、天のそして神々の愛であると語っていた様だ。

愚かな人間共に救いがあるならば、それはお終いがある事だとも語っていた。

（二〇二二年一〇月二三日）

瀬戸内寂聴氏を偲んで

昨年二〇二一年一一月に尊敬する瀬戸内寂聴氏が九九歳で天国に旅立たれた。

寂聴さんの心の苦難は永く、そして深かったに違いない、と奇快人の小生は考えている。

長年の念願が成願して、寂聴さん自身が苦縛から解放されて喜んで旅立ったのだとも考えている奇快人だ。

心の苦闘と全身で戦い、そして毎日が命日を覚悟して五〇年近い年月、時間を懸命に生き続けた寂聴さんの世間を超越しての人生は、何よりも尊いものだ。

毎日を命日と覚悟して全身全霊で生き、あの素晴らしい笑顔を万人に届けて、そして多くの弱者に多大な希望を与えた。

全身が笑顔の寂聴さんの真の心の内は判らない。奇快人の小生はその寂聴さんの心の奥底が視えるような気がする。

何故なら同じ様な心地で毎日を生きて居るからだ。

極楽は十万億土と遥かなり　とても行かれぬ草鞋一足　一休宗純

（田中章義『辞世のうた』より引用）

奇快人の思う事は、寂聴さんは生きながらに死して生きたのだ。奇快人の考えだ。寂聴さんの著に『死に支度』なる本がある。小生も何度か繰り返し読んだ。五一歳で出家して俗世、俗界を卒業した。今の私は幽霊だ。幽霊は死なない。この様な一節がある。全くもって同感だ。

奇快人の小生も何時も「死体で生きて居る」と考えて、今や「夢想人」として何とか無理に生きて居るのだ。寂聴さんの奥底、心の深奥は、奇快人の小生は何となく、その心が理解できる気持ちだ。

寂聴さんは、一日一日が終わって床に着きて眠るまでの数十分、はたまた一時間、何を考えていたのか。本にも書けない真の心の奥底は何なのか。その答えが判る気がする奇快人だ。

即ち只今にも寂聴流に表現すれば宿命が尽きる事だ。これ以外の結論は有り得ない。人生のお終いを何時も絶えず只今の心地で日々を生き抜いた。立派な知の巨人だ。

生きて居る間は死と対面しての人生ゆえに、体全体で笑顔になれたのだと理解して居る。幽霊で生きて居る全ての時間を、小説を書く事のみに集中して、人生を完遂した見事な人生だ。心底から敬意と尊敬の一語に尽きる。

寂聴さんは、奇快人よりも二五歳先輩だ。本当の寂聴さんは毎日、そして何時も天国に行く事が夢であったに違いない。

作家仲間で自殺した人物も多い。出家した立場の寂聴さんは、真の心の奥底は小説に書けない大きな重石があったに違いないと考えている。毎日が命日と覚悟してエネルギーの全てを、小説を書く事に全精力を注いだ人生だ。

一日二四時間、絶えず死と向き合っての寂聴さんの小説は面白いのだ。

その様な作家が今の日本では一人も居ない。男と女の違いはあるが、寂聴さんと奇快人は実に良く似ているのだ。最も大きな類似点はお金、金銭、マネーに全く束縛されていなかった。お金に関する欲望が超越している生き様は、お見事に尽きる。

出版の世界、はたまた作家達も、現社会では「金権、拝金」世界だ。寂聴さんは、その著『死に支度』の中で、「私は自分の書く小説の原稿料の値など全く知らない、計算もしないし考えた事もない」と言って居る。

今の社会では珍しい稀人で、毎日を命日と対面して覚悟しての人生だ。寂聴さんは超有名人だ。

奇快人の小生は生前に一度でも対面の機会があったならば、寂聴さんの心の深奥、そして生きる事の哲理を聞いてみたかったと思って居る。

寂聴さんが長年の夢が叶って、天国に旅立たれた事を、心からオメデトウと祝意を表さずに居られない。

仮にも天国があるならば、寂聴さんに逢ってお話を伺いたいと考えている奇快人だ。

あとがき

人生のお終いが終わって居るにも拘らず生きて居る。天国の住民が浮世で生存している事実は何を意味しているのか。考えた事があるだろうか。

人間について人生について、これまで奇快人流の奇想、独想をもって独自の世界観をもって眺めて来た。今なる日本の現状は「人生一〇〇年時代」の表現が定着して来ている。これこそが不幸の最たる原因と考えて居る。

人生が五〇年時代は多くの人々にとって長寿は夢であった筈だ。短命の時代に長寿を願うのも人間共に於ける本能だろう。しからば現在の人生一〇〇年時代で「短命」を願い、夢みる人間共は居るのか居ないのか。これもどうも判じがたい。

小生が奇快人と名乗ったのは、三〇歳の時であった。そして半世紀と五年と少々の時間が通り過ぎて浦島太郎の様な心境だ。二〇代、三〇代の若かりし頃が本当にあったのだろうか。その様に考える今日此の頃だ。

一〇〇年も一〇〇〇年も……過ぎ去った時間は、人間の頭の中では零エネルギーだ。全ては「夢」だ。有名な作家や思想家などは、「人生は一場の夢」と表現している。その通りだと、自らの八五年と少々の年月を振り返って感慨深い思いに浸っている。

奇快人として小生の人生は、実のところ終わって居るのだ。そして今なる今日も生きて居る。何故だ。生きて居たいと考えた事も願った事も無い。

小生は今年二〇二二年八五歳になって初めて自らを老人なる表現にした。死体で生きて居る毎日は、全てが苦労であり苦痛だ。行動に自由が無い。

一挙手一投足すべての動作が働かない。明日という未来がない。即ち欲が無くなって生きて居る意義や価値がない。病気は良くなる事はない。何よりも朝の起床がしたくない。目覚めれば今日なる一日を生きなければならない。大変で面倒である。生きたいとは全く思わない。

今なるこの時に直ちに天国に直行したいと考えて居る。幸いな事に一つだけ人生のお終いは天国が待っている。

世界中の万人は平等で格差はない。人生のお終いで、誰もが出発点の故郷、天国に戻れるのが、お終いの唯一つの夢であり希望だ。故郷の天国に戻れなかったら、人生は苦界から脱出は出来ない。人生にはお終いがある。死が在る。
これこそが人生で最後の真の夢であり希望だ。

二〇二三年四月

岩石院独行正道居士　奇快人

著者プロフィール

奇快人（きかいじん）
昭和 12 年　愛知県に生まれる
昭和 34 年　名古屋電気短期大学卒業
昭和 34 年　機械工業新聞社入社
昭和 37 年　北陸支局長に就任
昭和 40 年　日刊工業新聞社（東京）入社
昭和 50 年　帝国興信所（現・帝国データバンク）本社入社（2 年契約）
　　　　　データバンク移行に伴う初代マネージャーに就任
昭和 52 年　日興証券の子会社に入社
昭和 63 年　退職
静岡県在住

既刊書『人類は地球上に生存が許されざる存在になった　全ては人間が
　　　「過去や未来を考える動物」だからだ』（2022 年　文芸社刊）

人類は二一世紀末まで生存が可能かどうか
答えは否だ

2023年 6 月15日　初版第 1 刷発行

著　者　奇快人
発行者　瓜谷 綱延
発行所　株式会社文芸社
　　　　〒 160-0022　東京都新宿区新宿 1－10－1
　　　　　　　　　　電話　03-5369-3060（代表）
　　　　　　　　　　　　　03-5369-2299（販売）

印刷所　図書印刷株式会社

ISBN978-4-286-24153-1